현대 강림 마스터

FUSION FANTASTIC STORY

인기영 장편 소설

현대 강림 마스터 7

인기영 장편 소설

초판 1쇄 찍은 날 § 2013년 9월 4일
초판 1쇄 펴낸 날 § 2013년 9월 11일

지은이 § 인기영
펴낸이 § 서경석

편집부장 § 권태완
편집책임 § 어정원
디자인 § 신현아

펴낸곳 § 도서출판 청어람
등록번호 § 제1081-1-89호
등록일자 § 1999. 5. 31
어람번호 § 제1-1670호

주소 § 경기도 부천시 원미구 심곡2동 163-2 서경B/D 3F (우) 420-822
전화 § 032-656-4452 팩스 § 032-656-4453
http://www.chungeoram.com
E-mail § chungeorambook@daum.net

ISBN 978-89-251-3445-1 04810
ISBN 978-89-251-3253-2 (세트)

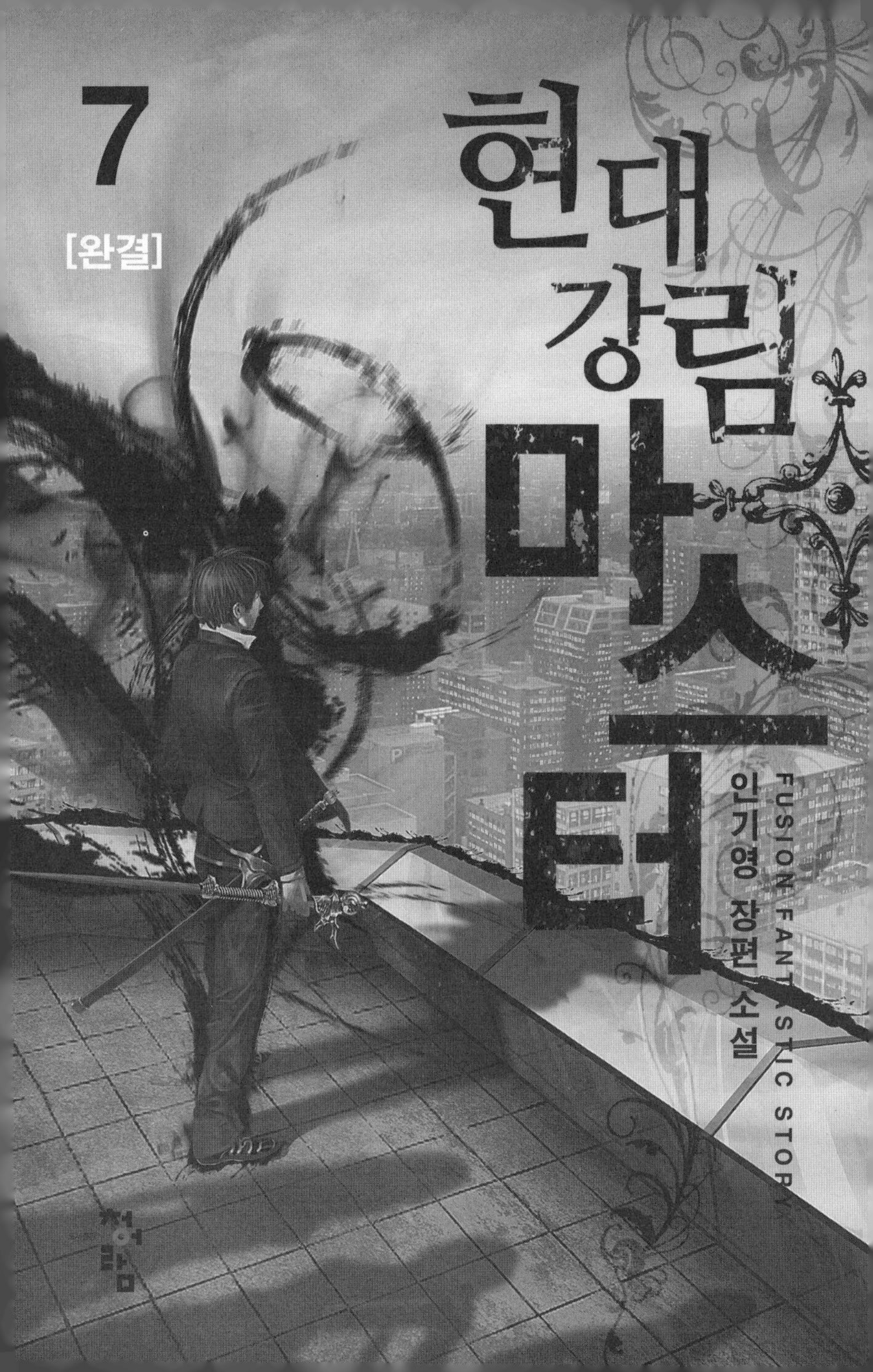
7
[완결]
현대강림 마스터
FUSION FANTASTIC STORY
인기영 장편소설
청어람

CONTENTS

CHAPTER **01**
전쟁 선포

영웅왕 오하렌.

그가 드디어 모습을 드러냈다.

수많은 사람들이 모인 신천지교의 본교 교당에서 그는 여태껏 꼭꼭 감춰 두었던 자신을 보여주었다.

보랏빛의 신비한 눈을 가진 서글서글한 인상의 백발 노인.

그가 오하렌이었다.

록시, 아자린, 프리린은 티가 나도록 몸을 떨고 있었다.

록시는 분노에 사무쳐서 아자린은 당황이 앞서서, 프리린은 공포에 잠식되어 사시나무처럼 떨었다.

그러다 일순 오하렌의 시선이 정확히 나를 향했다.

그의 입가에 미미한 미소가 걸렸다.

오하렌의 입이 열리며 걸걸하지만 힘있는 목소리가 흘러나왔다.

"아시겠습니까? 여러분은 마나님에게 선택된 이들이고, 인류의 지배자가 될 자격을 가진 분들입니다. 그리고 그 마나님이란 바로……."

오하렌이 엄지 손가락으로 자기자신을 가리켰다.

"바로 저를 뜻합니다."

오하렌의 한마디가 신도들을 술렁이게 만들었다.

신도들은 어안이 벙벙해져서 서로서로 말을 주고 받았다.

교당 내부는 그들의 목소리로 웅성였다.

하지만 오하렌이 손가락을 딱 튕기는 순간, 모든 잡음이 깨끗하게 사라졌다.

더불어 내 목소리도 나오지 않았다.

'사일런스!'

녀석이 침묵 마법 사일런스를 시전한 것이다.

이번에도 마법을 시전하는데 마나의 요동이 느껴지지 않았다. 시전어도 없었다.

대체 어떻게 하면 저런 식으로 마법을 시전할 수 있는 거지?

알 수가 없었다.

"당황하지 마십시오, 신도님들. 지금 목소리가 나오지 않는 건 저주가 아닙니다. 축복입니다. 말을 못하니 귀가 더 활짝 열리겠지요. 그리되면 제 목소리가 전보다 잘 들릴 테구요. 제가 누구라고 했습니까? 여러분이 경배하고 그토록 영접하려 했던 마나님입니다. 마나님의 대리인도 아니요, 환생도 아니요, 마나님 그 자체가 바로 접니다. 그런 제 얘기들을 직접 들을 수 있다는, 그것은 타인이 상상도 못할 축복입니다."

신도들은 대답할 수 없었으나 대신 일제히 고개를 끄덕였다.

그들은 이미 오하렌의 말에 현혹되어 버린 이후였다.

오하렌이 다시 손가락을 튕겼다.

그러자 사일런스 마법이 해제되었다.

하지만 누구도 입을 여는 이는 없었다.

다들 오하렌만 바라보며 그의 말이 이어지길 기다렸다.

"그동안 일말의 의심도 없이 날 기다려준 신도님들께 감사의 마음을 전하고 싶습니다. 이제 그 기다림에 대한 보상을 받을 때가 왔습니다. 신도님들께서 봤듯이 전 불가능을 가능케 만들 수 있는 전지전능한 신입니다."

스스로를 신이라 지칭하는데도 사람들은 그걸 당연하게

받아들였다.

"세상은 변하고 있습니다. 하루하루 무섭게 변해가고 있습니다. 이 세상은 곧 대격변을 겪게 됩니다. 이미 지구라는 행성에는 오래전부터 그러한 시스템이 입력되어 있었습니다. 피할 수 없는 재앙입니다. 그리고 이 재앙으로 인해 인류는 모두 죽게 됩니다."

오하렌의 말에 신도들은 마치 코앞에 재앙이 닥치기라도 한 것처럼 숨이 턱턱 막혀 했다.

"…그것이 원래 정해진 레퍼토리입니다. 하지만 신도님들께서는 재앙 속에서도 살아남으실 것입니다."

신도들의 눈이 일제히 초롱초롱하게 빛났다.

"재앙을 딛고 일어설 수 있는 새로운 인류, 선택받은 인류로 진화하게 될 것이기 때문입니다."

오하렌의 한마디 한마디는 절대적이었다.

그의 입에서 나오는 얘기에 신도들은 정신을 완전히 빨리고 있었다.

"신천지교는 오늘 이후로 더 이상 존재치 않습니다. 그 이름을 버릴 때가 왔습니다. 이제 신천지교는 메제르시엘이라는 이름으로 거듭나게 될 것입니다."

오하렌이 메제르시엘의 존재를 언급했다.

이제부터 숨기지 않고 드러내겠다는 심산이다.

그렇다는 건… 메제르시엘에서 준비하고 있는 비밀 무기라는 것이 이제 완성되었다는 것인가?

조용히 오하렌의 말만 듣고 있던 사람들이 웅성대기 시작했다.

그들은 한 번씩 메제르시엘이라는 이름을 곱씹고 있었다.

"아울러 제 진짜 이름은 오하렌입니다. 지금처럼 마나님이라 불러도 되고 오하렌이라 불러도 상관없습니다. 이름은 그다지 중요한 게 아닙니다. 이름이 변한다고 여러분이 믿는 신이 변하는 건 아닙니다. 저는 늘 이 모습 이대로 신도님들의 곁에 있을 것입니다."

"마나님이시여!"

"오하렌님이시여!"

몇 명이 벌떡 일어나서 오하렌을 찬양했다.

그러자 다른 신도들도 일제히 그를 찬양하기 시작했다.

신도들의 목소리가 예배당 가득 떠나가라 울려 퍼졌다.

개중 반 이상은 눈물을 펑펑 쏟으며 대성통곡했다.

몇몇은 눈을 까뒤집으며 졸도했다.

광신도들도 이런 광신도들이 없었다.

하긴, 자신들이 믿고 있는 종교의 신이 현신한데다가 인간으로서 불가능하다 여겨지는 능력들을 아무렇지 않게 보여주었으니 그럴 법도 했다.

백문이 불여일견.

백 번 떠드는 것보다 한 번 강렬하게 보여주는 것이 더욱 효과적이다.

게다가 여기 모인 신도들은 뼛속까지 신천지교를 믿고 있는 자들이다.

일반인의 시각으로 보자면 말도 안 될 법한 이 광경이 신도들에겐 충분히 말이 되는 것이다.

오하렌이 양손을 높이 들어 올렸다.

동시에 신도들의 입이 약속이라도 한 듯 일제히 닫혔다.

"저를 믿고 따라오십시오."

오하렌의 오른손이 천천히 내려왔다.

그러자 사방에서 강렬한 바람이 일었다.

"여러분은 바람을 다스릴 수 있습니다."

이번엔 오하렌의 왼손이 내려왔다.

동시에 세상이 어둠에 잠식되었다.

"빛과 어둠의 주인이 될 수 있습니다."

다시 빛이 어둠을 밀어냈다.

오하렌은 허공에 두둥실 떠 있었다.

"오오오오오!"

"시, 신이시여!"

신도들이 오하렌을 향해 넙죽 엎드려 그를 경배했다.

오하렌은 인자한 미소를 머금고서 경악할 만한 말을 내뱉었다.

"여러분은 저와 같은 신이 될 수 있습니다."

"오하렌님이시여!"

"마나님이시여!"

"전지전능한 신이시여!"

여기저기서 찬양가가 울려 퍼졌다.

기도가 터져 나왔다.

동시에 과반수 이상의 사람들의 몸속으로 마나가 빠르게 흡수되어지기 시작했다.

'……!'

나는 물론이고 록시 일행도 놀라 버렸다.

마나사이펀을 하고 있지 않는데도 신도들은 마나를 미친 듯한 속도로 받아들이는 중이었다.

―록시, 어떻게 된 건지 알겠어?

록시에게 의지를 보냈다.

그녀는 잠시 생각을 하다가 아직 확실치 않은 가정을 추리하듯 줄줄 내뱉었다.

"오하렌은 신천지교를 세웠어. 단순히 자신을 지지하는 세력을 만들기 위해서라고 보기엔 무리가 있어. 결국 그가 원했던 것은 지지하는 것을 넘어서서 힘이 될 수 있는 충복이었겠지."

"응, 그래서?"

아자린이 흥미로운 표정으로 대답했다.

프리린도 그 옆에서 아자린 못지않게 진지한 시선으로 록시를 바라보고 있었다.

"하지만 다들 알다시피 메제르시엘의 구성원은 많지 않아. 그나마도 삼분의 일이나 되는 인원이 떨어져 나와 가드 마스터를 만듦으로써 적대 세력으로 돌변해 버렸지."

여기까지는 나도 알고 있는 내용이다.

록시의 말은 계속 이어졌다.

"오하렌에겐 큰 세력이 필요했어. 하지만 지구에 있는 인간들을 끌어들이기엔 한계가 있었지. 마나를 느끼는 이가 얼마 없었으니까. 그렇다고 정신이나 육체가 강한 것도 아니야. 루시르 대륙의 사람들에 비하면 지구인들은 형편없이 약하잖아."

"응응. 그렇지."

이번에도 어김없이 아자린이 추임새를 넣었다.

"그러니까 다른 방법이 필요했겠지. 그것이 바로 신천지교였던 거야. 하지만 신천지교는 아까도 말했듯이 지지세력이 아닌 충복을 만들어 내기 위한 수단이었지. 한마디로 오하렌은 이미 신천지교를 세움으로써 훗날, 그 신도들을 자신의 군

단으로 만들 수 있는 방법을 미리 알고 있었다는 얘긴
데……."

록시가 고민에 빠졌다.

그녀의 시선이 마나를 흡수하는 신도들을 천천히 훑었다.

"신천지교가 세워진 게 언제인지는 모르겠어. 하지만 이
정도의 규모로 발전하기 위해선 필시 오랜 역사가 함께했겠
지. 아마 처음에는 철저히 비밀리에 운영되었을 거야. 그런데
어느 시점부터 세상 밖에 모습을 드러내더니 지금은 한국에
서 제일가는 사이비 종교로 불리고 있어. 오래전부터… 세워
진 종교……."

나지막히 중얼거리던 록시가 갑자기 눈을 휘둥그레 뜨고
서는 고개를 주억거렸다.

"그랬던 거였어."

"뭐가? 뭐가 그랬던 거라는 거야?"

아자린이 물었다.

"신천지교에서 가장 중요시하는 게 뭐야? 마나님, 즉 마나
를 몸에 받아들이는 것이지."

"그런데?"

"루시르 대륙에서 마나는 신력과는 다른 개념으로 분류되
고 있어."

"당연하지 신력은 신을 믿는 프리스트들이나 몸에 담을 수

있는 거니까."

"그런데 오하렌은 신천지교를 세움으로써 마나라는 것을 신격화해 버렸어. 즉, 누구든지 마나님이라는 신을 믿으면, 마나가 몸에 쌓인다는 어처구니없는 믿음을 줘 버린 거야."

"말도 안 되지. 마나친화력이라는 게 타고나는 건데."

"그런데 이게 말이 되는 일이 되어 버렸어."

"뭐?"

"인간에게 있어 가장 무서운 건 마음이야. 멀쩡하던 몸도 마음이 병들면 따라서 병들기도 해. 반대의 경우도 있고. 실례로 암 말기에 걸린 환자가 자신의 인생이 한 달밖에 남지 않은 것을 알고 거액의 돈을 빌려, 즐겁게 쓰고 놀다 보니 암이 싹 나아버린 일도 있으니까."

"그럼 빌린 돈은 어떻게 해?"

"빚쟁이가 돼서 스트레스를 받다가 다시 암에 걸렸지."

"에… 어쩐지 힘 빠지는 얘기네요."

잠자코 얘기를 듣던 프리린이 끼어들었다.

록시의 입이 재차 열렸다.

"결국 모든 것은 마음먹기에 달려 있다는 거야. 검사들의 수업 중에 그런 것이 있어. 눈을 가리고서 눈앞에 놓인 빵을 썰게 하지. 그것을 일 년 동안 반복하게 하는 거야. 그리고 일 년이 지난 다음 날, 눈을 가린 검사 몰래 빵 대신 돌멩이를 갖다 놓는 거지. 검사는 자기 앞에 놓인 것이 당연히 빵일 것이라 생각하고서 검으로 돌멩이를 쉽게 잘라 버리게 돼. 물론 이걸 성공하는 이들은 열에 절반도 안 되지만, 중요한 건 성공한 이의 숫자가 아니라, 그걸 가능케 한 사람들이 있다는 거야. 그런데 이 믿음이라는 게 가장 큰 힘을 발휘하는 건 신앙이 뒷받침될 때지."

난 록시의 말을 축약시켜서 되물었다.

—그러니까… 오하렌이 신천지교를 세운 이유는 신앙의 힘을 빌어 사람들의 마나친화력을 후천적으로 키우기 위해서라는 거야?

록시가 고개를 끄덕였다.

"하지만… 마나 사이펀도 없이 마나를 흡수한다는 건……."

아자린이 미간을 찌푸렸다.

"가능해. 루시르 대륙에 마나 사이펀이라는 게 처음부터 있었을까?"

"그렇진… 않지. 마나 사이펀의 개념을 정립한 건 '시작의 마법사' 베일카이저였으니까."

베일카이저.

오래간만에 들어보는 이름이다.

록시의 말대로 마나사이펀은 베일카이저가 마나의 개념을

정립해 만든 대륙 최초의 마나축적법이다.

그는 인간 중에서 처음으로 마법사의 경지에 올랐다.

그리고 최초의 대마법사가 되었다.

때문에 그의 이름 앞에 붙는 칭호가 시작의 마법사다.

"베일카이저가 마나사이펀을 만들어내기 전까진 마나축적법은 없었어. 하지만 마나사이펀 이후에 또 다른 마나축적법역시 없었지. 여태까지 마나사이펀을 능가하는 마나축적법이 나오지 않았기 때문이야."

"그런데 오하렌이 마나사이펀을 뛰어 넘는 마나축적법을만들어 냈다?"

"그래. 비록 오랜 시간이 걸리긴 했지만 다들 보고 있듯이효능은 엄청나지."

"저는 록시님의 말이 맞는 것 같아요."

프리린이 고개를 끄덕였다.

"만약 그렇다면 오하렌 저 미친 인간… 어마어마한 짓을해버린 거잖아."

아자린이 이를 빠드득 갈았다.

나도 한마디 덧붙였다.

─혹시 말이야. 메제르시엘에서 준비하고 있던 비밀 무기라는 게… 이거 아닐까?

"…그럴지도."

록시는 짧게 대답하고서 입을 다물었다.

마나를 흡수하는 사람의 수는 점점 더 많아졌다.

그들은 오로지 마나님을 믿으면 마나님을 몸속에 축적할 수 있는 신앙적 믿음으로 스스로의 체질을 바꿔 마나친화력을 높여 버렸다.

그리고 굳이 마나사이펀을 하지 않아도 마나를 받아들인다는 생각 하나만으로 언제 어느 때고 마나를 축적하게 되었다.

이런 걸 가능케 만들다니… 오하렌, 정말 무서운 인간이다.

"무척이나 놀란 얼굴이야."

갑자기 뒤에서 소름끼치는 목소리가 들려왔다.

걸걸하면서도 날카로운… 마치 시린 칼날이 내 등으로 들어와 심장을 후벼 파는 듯한 기분이 들었다.

난 힘겹게 고개를 돌렸다.

내 뒤엔 파란색의 머리카락과 눈동자를 가진 노인이 빙그레 웃는 얼굴로 앉아 있었다.

"누구……?"

그때 록시가 아자린, 프리린이 반사적으로 날 둘러쌌다.

"바르쳉!"

록시가 소리쳤다.

바르쳉?

메제르시엘의 패왕… 사령술사 바르쳉?

맙소사… 오하렌에 이어 바르쳉의 등장이라니.

너무 현실감이 없어서 믿어지지가 않았다.

그동안 그토록 얼굴을 드러내지 않던 두 거물이 갑자기 나타나다니.

'그건 그렇고 언제 내 뒤로 다가온 거야?'

작은 기척조차 느낄 수가 없었다.

사령력도 바르쳉의 목소리가 들려옴과 동시에 느껴졌다.

바르쳉이 기묘한 시선으로 내 주변을 훑더니 말했다.

"오래간만이군. 마검왕 록시 드루와일, 매혹의 사령술사 아자린 바넬라, 초월의 조련술사 프리린 하코네."

그의 입에서 록시 일행의 칭호와 이름이 차례대로 흘러나왔다.

그는 루시르 대륙에서 넘어온 사령술사이기에 록시 일행을 볼 수 있는 것이다.

"바르쳉, 설마 이런 엄청난 짓을 꾸미고 있을 거라곤 상상도 하지 못했어."

"록시, 예나 지금이나 그 건방진 태도는 여전하구나."

"내게 존경받을 입장이 아니잖은가!"

성난 록시가 일갈을 내질렀다.

하지만 바르쳉은 그저 피식 웃을 뿐이었다.

"너야말로 지금 나한테 화를 낼 때가 아닌 것 같은데? 하찮은 귀신 주제에."

바르쳉의 손에서 검은 기운이 일렁였다.

사령력이다.

저것이 록시의 몸에 닿으면, 그녀는 그대로 승천해 버리고 만다.

이 세상에서 사라지는 것이다.

하지만 록시는 조금도 두려워하는 기색 없이 바르쳉을 쏘아봤다.

"역시 패기 하나는 칭찬해 줄 만하군."

"바르쳉님!"

애타는 음성의 주인은 프리린이었다.

바르쳉이 시선을 돌려 그녀를 바라봤다.

"프리린, 그런 꼴로 만들어 미안하구나. 지낼 만하느냐?"

"바르쳉님… 바르쳉님 잘못 생각하고 있어요. 오하렌님도 그렇고… 메제르시엘의 모든 사람들이 잘못 생각하고 있다구요."

"무엇을?"

바르쳉의 눈매가 날카로워졌다.

프리린이 찔끔! 했지만 그녀는 용기를 내서 다시 말을 내뱉었다.

"지구를 정복하겠다는 건 다른 사람들의 머리 위에서 서겠다는 말이잖아요. 그건 잘못된 생각이에요."

"어째서?"

바르쳉은 이번에도 간단하게 되물었다.

"그럼… 그럼 분명히 피지배층의 입장에 있는 사람들은 지배층의 사람들에게 핍박을 받게 될 테니까요!"

프리린의 외침에 아자린이 고개를 절레절레 저었다.

록시도 작게 한숨을 내쉬었다.

바르쳉은 우습지도 않다는 듯 코웃음을 쳤다.

"프리린, 지금 네가 무슨 말을 한 건지 알고 있느냐?"

"…네?"

"우리가 전에 살던 세상, 루시르는 바로 네가 말한 지배층과 피지배층의 구분이 어디보다 뚜렷한 곳이었단다."

"……."

프리린의 입이 탁 막혔다.

그녀는 자신이 살던 세상의 기본 구조를 나쁘다고 말해 버린 것이다.

여태껏 그렇게 살아왔으면서, 그것이 당연한 줄 알고 살아왔으면서 말이다.

"지구에서 살다 보니까 네 가치관도 많이 바뀐 모양이구나."

"…바르쳉님."

"그래, 그렇게 생각할 수 있겠지. 하지만 나와 오하렌은…
그리고 사천왕들은 바로 그 세상의 지배층과 피지배층 모두
에게 핍박을 당한 사람들이다. 다들 힘을 모아 우리를 다른
세상으로 내몰았지. 기억하느냐?"

"…네."

"왜 그런 상황이 벌어졌는지 아느냐? 우리가 힘이 없었기
때문이야. 영웅이라… 허울은 좋지. 하지만 영웅이라 불리는
이들은 국민이, 국가가, 세상이 원하는 일을 하지 않으면 당
장 욕을 먹고 손가락질 당해 버린단다. 가장 강한 힘을 가졌
기에 세상을 구했으면서도, 가장 약자의 입장에 서 있는 이
들. 평생을 단 한 번, 자신의 뜻대로 살아갈 수 없는 이들, 그
들이 바로 영웅이다."

바르쳉의 말에 프리린은 더 이상 반론을 제기하지 못했다.

그의 말은… 인정하기 싫지만 너무나 옳았다.

"그래서 우리는 생각했다. 힘있는 영웅이 되기로. 그러기
위해서는 우리가 만인의 머리 위에 앉아 있어야 했지. 어느
누구도 우리의 삶을, 제들 멋대로! 제들 좋을 대로 좌지우지
하지 못하도록! 우리는… 왕좌에 오르기로 했다."

바르쳉이 자리에서 벌떡 일어섰다.

하지만 아무도 그를 신경 쓰지 않았다.

그러고 보니 여태껏 바르쳉은 큰 목소리로 이런저런 얘기들을 마구 떠들어댔는데, 그의 바로 옆에 앉은 사람마저도 바르쳉을 투명인간 취급하고 있었다.

'…마나.'

우리 주변에서 미약한 마나의 파동이 느껴졌다.

그 파동의 흐름을 파악해 보니 공간 차단 마법 블락 스페이스와 비슷한데 뭔가가 좀 달랐다.

블락 스페이스는 마법이 시전된 일정 지역 내에 있는 사람들의 모습과 목소리가 완벽하게 차단되어 버린다.

하지만 바르쳉이 일어설 때, 몇몇의 시선이 그에게 향한 것으로 봐서 우리의 모습이 차단된 것 같진 않았다.

난 다시 한 번 마나의 배열을 살폈다.

그제야 우리 주변에 펼쳐진 마법이 소리만을 차단하고 있다는 걸 알았다.

즉, 다른 사람들 눈에 우리들은 보이되, 우리가 주고받는 이야기는 들리지 않는다는 뜻이다.

물론 이런 마법을 쥐도 새도 모르게 시전한 사람은 오하렌일테지.

바르쳉이 우리 넷을 내려다보았다.

"내가 여기서 손 한 번만 털면 너희 넷 중 셋은 너무도 쉽게 사라진다. 그리고 설유하."

바르쳉과 내 시선이 허공에서 얽혔다.

"너 역시도 귀신들을 따라가겠지."

이 새끼가 지금 나 기선제압하려는 거야?

하지만 그 정도 입심에 고개 숙이고 꼬랑지 내릴 내가 절대 아니란 말이지!

"할 수 있으면 해봐."

"그 말… 책임질 수 있겠나?"

"너야말로 감당할 수 있겠어?"

바르쳉이 시린 미소를 베어 물었다.

"지금 감당이라고 그랬느냐?"

"잘못 들었어? 다시 한 번 말해줘?"

바르쳉을 도발하며 록시에게 의지를 전했다.

―록시, 육신이 있었다면 바르쳉을 제압할 수 있어?

―충분히.

록시도 의지로 내게 답을 전했다.

"들어와, 록시."

록시에게 말을 건네는 순간, 그녀의 영혼이 내 몸에 빨려 들어왔다.

그 즉시 난, 록시에게 내 몸의 제어권을 넘겼다.

한마디로 그녀를 내게 빙의시켜 버린 것이다.

순간, 바르쳉의 시선이 파르르 흔들렸다.

내 손이 무서운 속도로 뻗어나갔다.

바르쳉은 몸을 뒤로 빼려 했지만, 록시가 더 빨랐다.

덥썩!

내 몸에 빙의된 록시가 바르쳉의 멱을 틀어쥐었다.

그리고 강하게 끌어당기며 주먹을 내질렀다.

퍽!

주먹이 정확히 바르쳉의 안면을 가격했다.

타격감이 확실했다.

한데 다음 순간.

바르쳉의 모습이 갑자기 사라졌다.

그 광경에 주변에 있던 이들이 일제히 놀라 탄성을 내질렀
다.

사라진 바르쳉은 오하렌의 옆에 서 있었다.

오하렌이 날 바라보았다.

순간 머릿속에서 그의 음성이 들려왔다.

텔레파시 마법이었다.

―가드 마스터에 가서 전해라. 앞으로 일주일 뒤, 전쟁이
벌어질 것이라고.

전쟁.

여태껏 그토록 걱정해왔던 두 세력 간의 전면전.

드디어 그 상황이 코앞으로 닥쳤다.

일주일.

짧은 시간이다.

지금의 가드 마스터에겐 더더욱 짧은 시간이다.

그런데 왜… 오하렌은 우리에게 일주일이라는 시간을 주는 것일까?

아직… 신천지교의 사람들이 완벽하게 성장하지 못해서?

그렇다면 지금 오하렌을……!

—안 돼. 지금의 나로서는 오하렌을 이길 수 없어.

내 생각을 읽은 록시가 의지를 전했다.

그때 오하렌의 입이 열렸다.

"우리 중에 이단이 있었습니다. 나를 섬기지 아니하는 인간이 숨어 들어와 신도님들의 믿음을 흔들려 하고 있었습니다. 제 옆에 있는 신도님이 보이십니까? 아무 이유도 없이 이단에게 폭행을 당했습니다."

"제, 제가 봤습니다! 그런데 신도님께서… 갑자기 사라지더니 마나님의 옆에서 나타났습니다!"

"저도 봤습니다!"

"신이시여!"

"위대한 신께서 또다시 기적을 행하셨다!"

"와아아아아아!"

다시 교당 내부는 열광의 도가니가 되었다.

오하렌이 만족스런 표정으로 나를 가리키며 말했다.

"신도님들, 이단자들을 내보내십시오."

"우와아아아아아아!"

오하렌의 말이 끝나기가 무섭게 신도들이 내 곁으로 다가와 사지를 포박했다.

사방에서 튀어나온 수많은 손들이 날 압박했다.

"록시 나와!"

록시를 내보낸 뒤, 손들을 뿌리치고서 허공으로 뛰어올랐다.

"플라이!"

이미 이곳에서는 마법을 사용한다고 해서 이상할 게 없었다.

공중부양마법을 시전한 뒤, 허공을 날아 그대로 교당의 출입구를 향했다.

하지만 신도들이 어느새 문 앞을 막아섰다.

'젠장!'

오하렌을 돌아봤다.

그는 여전히 미소로 날 주시하고 있었다.

'치사한 놈!'

내가 신도들을 공격 못할 걸 뻔히 알고서 이런 더러운 수를 쓰다니!

난 천장에 닿을 듯이 솟구쳐 올랐다.

그리고 주먹에 오러를 실어 천장을 후려쳤다.

콰아아앙!

천장에 커다란 구멍이 뚫렸다.

그곳을 통해 밖으로 나온 난, 하늘을 날아 신천지교 본관을 벗어났다.

그때 다시 한 번 오하렌의 음성이 머릿속에서 울렸다.

―너와 귀신들을 살려둔 건, 한때나마 같은 세상에서 살았던 록시 일행에 대한 내 마지막 배려다. 이제 두 번 다시 이런 일은 없을 것이다. 일주일. 그동안 열심히 발버둥치거라.

…젠장할.

CHAPTER **02**
풍전등화

현대강림
마스터

쏴아아아아아.
집으로 돌아와 찬물로 몸을 씻었다.
그리고 더러운 기분도 함께 씻어냈다.
아니… 씻어내려 했다.
하지만 그러지 못했다.
"…후우."
한숨이 나왔다.
오하렌에게 완전히 농락당했다.
그는 언제든 마음만 먹으면 나를 죽일 수 있는 대상으로 보고 있었다.

　나뿐만이 아니라 가드 마스터의 존재 역시 그들에게는 그 다지 위협적이지 않은 듯했다.

　정말 그들은… 전력의 소실이 걱정되어 가드 마스터와의 정면대결을 피해왔던 걸까?

　이상했다.

　내가 오늘 마주한 오하렌과 바르쳉은 어마어마하게 강했 다.

　게다가 새로이 사천왕이 된 쇼타도 강했다.

　아마 다른 사천왕들도 최소한 쇼타와 엇비슷하거나 더 강 할 것이다.

　그들이 전력을 쏟아부어 가드 마스터와 맞붙는다면 솔직 히 별 피해를 보지 않고 쉽게 승리를 거머쥘 수 있을 듯하다.

　제로가 말했던 것처럼, 메제르시엘이 제법 큰 피해를 볼 것 이라고는 생각되지 않는다.

　'제로는 왜… 가드 마스터와 메제르시엘의 전력을 크게 차 이가 나지 않는다고 한 거지?

　제로는 똑똑한 사람이다.

　정확하게 말하자면 사람이 아닌 키메라다.

　인간형 키메라.

　메제르시엘에서 만들어낸 자의식이 있는 키메라로서 메제

르시엘의 비정한 모습들과 자신의 탄생비화를 알게 된 이후, 그에 환멸을 느껴 도망 나와 가드 마스터를 설립했다.

당시 메제르시엘이 잘못된 길을 가고 있다 느낀 사람들은 제로가 직접 두 눈으로 본 메제르시엘의 만행에 대해 듣고 나서 그와 함께하기로 했다.

이후 지금껏 메제르시엘과 가드 마스터 사이에 커다란 격돌은 일어나지 않았다.

서로가 서로를 적당히 피하는 느낌이었다.

하지만 최근 내가 알게 된 메제르시엘의 전력을 결코 가드 마스터를 피할 만한 이유가 없었다.

굳이 비밀 무기 같은 것을 준비하지 않더라도 무력 대결로만 붙어서 충분히 가드 마스터를 박살 낼 수 있을 정도다.

'가드 마스터가 메제르시엘에서 독립한 건은 대략 이삼 년 전… 그럼 그사이에 메제르시엘의 사람들이 더욱 강해졌단 말인가.'

그럴 수도 있었다.

오하렌은 마나의 '마' 자도 모르던 지구인들을 종교의 힘으로 한데 뭉치게 만든 뒤, 마나친화력을 후천적으로 형성시켜 버린 인간이다.

하물며 메제르시엘의 대원들의 발전이야 오죽하겠는가.

그렇게 생각한다면 제로가 메제르시엘과 가드 마스터의

전력 차이를 잘못 계산했다는 말이 된다.

끼익.

샤워를 마치고 욕실 밖으로 나왔다.

새 옷을 걸친 뒤, 커넥트에 마나를 주입했다.

"귀환."

시동어와 함께 내 주변의 광경이 허물어져 내렸다.

*　　　*　　　*

가드 마스터의 기지에 도착하자마자 사령실로 향했다.

제로는 이미 날 기다리고 있는 모습이었다.

"어서오세요, 유하님."

"이 상황에서도 여전히 마이페이스네요, 제로님은. 어서 오라는 인사도 나오고."

"심기가 불편해 보이네요."

"편할 리가 없죠."

"메제르시엘이 전면전을 선포했으니 그럴 법도 하죠. 충분히 이해해요."

"그것도 문제지만… 더 화가 나는 건, 대체 제로님은 뭘 했냐는 겁니다."

내 말에 사령실에 있던 다른 이들의 시선이 날카로워졌다.

"유하! 뭐하는 거냐!"

버럭 화를 낸 건 곽태성이었다.

사령실엔 곽태성 말고도 이도진, 맥클린, 엘린, 웅치, 화령, 서대호, 이재성, 확지혁, 일성, 이성, 삼성, 방상진, 섹시랭, 솔초아, 솔초리, 랑시 그리고 아버지, 어머니가 계셨다.

아울러 여태껏 한 번도 얼굴을 보지 못했던 낯선 사내 한 명도 보였다.

그가 아마 이름만 들었던 오지환이겠지.

즉, 이 자리엔 지금 가드 마스터의 전 대원들이 모두 모여 있는 것이다.

차라리 잘됐다.

어차피 터뜨릴 거라면 크게 터뜨리는 게 낫다.

"곽 회장님, 뭐하는 건지 모르시겠습니까? 제가 어디에서 누굴 만나고 왔는지 기지에서 다 보시지 않으셨습니까?"

"충분히 봤다. 하지만 네가 어떤 충격을 입었더라도 기본적인 예의는 지켜야 하는 거 아니냔 말이야!"

"오하렌과 바르쳉을 직접 봤습니다. 그런데 그들은… 사실대로 말하자면 단 둘만으로도 우리 모두를 제압할 수 있을 만큼 강했습니다."

"……!"

곽 회장의 입이 턱 막혔다.

난 다시 제로를 바라봤다.

"이런 사실을 감추고 있었다면 당신을 신뢰할 수 없고, 모르고 있었다면 무능한 우두머리라고 비난할 겁니다."

"무능하다는 비난을 받아야 마땅하겠네요."

제로가 망설임없이 대답했다.

"몰랐다는 겁니까?"

그때 엘린이 끼어들었다.

"어쩔 수 없어. 메제르시엘에 있던 사람들 거의 대부분이 파천황 오하렌과 패왕 바르쳉, 그리고 사천왕들의 실력에 대해선 정확하게 파악하지 못하고 있었으니까. 그들과 접촉하는 것도 힘든 판국이었거든."

"…후우."

난 흥분된 마음을 가라앉혔다.

상황이 그랬다고 하니 머리로는 이해를 하겠다.

하지만 가슴은 제로를 이해할 수 없다고 소리쳤다.

어떠한 핑계와 타당한 이유를 대더라도 이건 수많은 사람들의 목숨을 책임지고 있는 수장으로서 실격이다.

제로도 그런 내 생각을 충분히 짐작한 모양이었다.

"죄송해요, 유하님. 무엇을 질책하고 싶은 건지 충분히 알겠어요. 저도 지금의 상황에 대해 책임을 통감하고 있어요. 피치 못할 사정이 있었다고 해도, 저를 믿고 따라와 준 대원들을 위험에 빠뜨린 꼴이 되었으니 말이에요. 하지만 지금은 누구를 탓할 때가 아니에요. 앞으로 벌어질 전쟁에 대한 대비책을 세워야 할 때죠."

제로의 말에 이도진이 늘어져라 하품을 하며 내게 물었다.

"흐아아아아암~! 너, 어떡할래? 계속 싸울래? 아니면 적당히 넘어가고 대책회의 들어갈래?"

여기서 더 물고 늘어져 봤자 득 될 것도 없었다.

불필요한 감정싸움은 기력만 낭비할 뿐이다.

"대책회의 하시죠."

"잘 생각했어."

이도전이 씩 웃고서 손가락을 딱 튕겼다.

"그런데 대책… 이랄 게 있을까 싶은데요……."

잿가루를 확 뿌리는 듯한 말을 꺼낸 이는 황지혁이었다.

모든 이의 시선이 황지혁에게 향했다.

"다들 그렇게 빤히 꼬나보시니까 기분이 좀 더럽게 나쁜데요……."

"무슨 말이 하고 싶은 건데, 지혁 자기?"

섹시랭이 황지혁의 쓰잘 데 없는 말을 막아버리고서 물었다.

"전쟁까지 남은 시간이 일주일. 그리고 지금 메제르시엘과 가드 마스터의 전력 차는 엄청난데요… 우리가 뭘 할 수 있을

까요?"

맞는 말이다.

지금으로서는 메제르시엘과 전쟁을 일으켜봤자 필패, 아니 이쪽이 전멸당하고 만다.

"그것보다 그들이 왜 일주일이라는 시간을 주었는지에 대해서 고민해 봐야 할 것 같습니다만."

방상진의 의견이었다.

"맞아요. 우리도 그게 궁금했어요."

"굳이 일주일이나 유예기간을 줄 필요가 있었을까요?"

쌍둥이 자매 솔초아, 솔초리가 동의했다.

그에 대한 대답은 맥클린에게서 들려왔다.

"저번과 똑같은 이유겠지."

"그게 무슨 말입니까?"

늘 멍~ 한 표정이 트레이드 마크나 다름없는 서대호가 고개를 갸웃거렸다.

"심리전이라는 얘기야."

"아."

"일전에도 메제르시엘은 유하에게 전쟁을 곧 일으킬 것이란 얘기를 전해 우리를 혼란에 빠뜨렸지. 이번에도 같은 맥락일 거다. 일주일이라는 시간은 메제르시엘에게 아무런 의미도 없어. 우리는 그들의 전력을 이제야 겨우 파악했지만, 그들은 우리의 전력을 전부터 파악하고 있었어. 당장 전쟁을 일으켜도 상관없는데 굳이 일주일이란 시간을 더 주었다? 이건 그냥 우리들의 심리를 뒤흔들어 불안하게 만들어 버린 다음 처절하게 밟아 버리겠단 말밖에 안 돼. 한마디로 갖고 노는 거지."

쾅!

화가 난 이재성이 발을 쾅! 굴렀다.

"망할 놈들!"

망할 놈들이라는 말에는 동의한다.

하지만 지금은 대책없이 화만 내고 있을 때가 아니다.

그리고 한 가지 의문이 더 들었다.

"메제르시엘은 왜… 가드 마스터를 공격해 들어오지 않고 여태껏 시간을 질질 끌었던 걸까요?"

내 말을 받은 건 맥클린이었다.

"그야 처음엔 우리가 잘 숨어 있었으니까 어쩔 수 없이 전쟁을 벌이지 못한 거고."

"바꿔 말하자면 지금은 메제르시엘이 가드 마스터의 기지가 어디 있는지 알아냈단 뜻이네요? 여전히 모르고 있다면 전쟁 선포를 한들, 가드 마스터 측에서 기지에 숨어 꿈쩍도 하지 않아 버릴 경우, 전쟁 자체가 일어날 수 없잖아요. 즉, 가드 마스터가 움직이지 않아도 쳐들어 와서 전쟁을 벌일 거라는 얘긴데, 그 말은 기지의 위치를 알아냈단 거 아닌가요?"

"그렇지."

"그럼 언제부터 그들은 가드 마스터의 기지를 찾아냈던 걸까요?"

"그건……."

맥클린이 미간을 찌푸리며 머리를 벅벅 긁었다.

"나도 잘 모르겠다. 그래도 추리를 해보자면 아마 그들이 최초로 전쟁선포를 했던 그 무렵이겠지."

뭔가가 석연치 않다.

자꾸만 머릿속에서 이상한 생각이 든다.

메제르시엘은 정말 가드 마스터의 대원들이 숨어 있는 기지를 눈치채지 못했던 걸까?

그러다 뒤늦게 하늘에 떠 있는 부양기지를 발견하고서 전쟁을 선포한 걸까?

아귀가 잘 맞아 들어가지 않는 느낌이다.

"지금 그런 걸 따져 뭐해? 놈들 모가지를 어떻게 꺾어 놓을 건지 궁리해 봐야 할 거 아냐!"

다혈질인 이도진이 버럭 소리쳤다.

"맥클린, 좋은 방법 없나?"

곽태성이 맥클린에게 중책을 떠넘겼다.

하지만 이번에는 맥클린도 뾰족한 수가 없는지 고개를 저었다.

좌중의 분위기가 무겁게 내려앉았다.

그때, 제로가 사령실 의자에서 몸을 일으켰다.

"있어요."

모두의 시선이 제로에게 향했다.

제로는 그 시선들을 하나 하나 마주한 뒤, 천천히 입을 열었다.

"메제르시엘과의 전쟁에서 이길 수 있는 방법이 있어요."

"와우! 그게 뭔데?"

랑시가 눈을 동그랗게 뜨고서 물었다.

다른 이들도 얼른 제로의 입에서 그 방법이라는 것이 나오기를 기다렸다.

제로는 마치 그런 반응을 즐기듯 더 뜸을 들이다가 입술을 움직였다.

"차원이동 마법진."

"…에?"

"지금 뭐라고……."

"제로님의 뇌가 엉망진창으로 꼬여 버린 건 아닌지 궁금한데요……."

"뜬구름 잡는 소리 같습니다만."

"차원이동 마법진! 그거 엄청난데!"

"오늘 내일 하는 나도 멀쩡한데 왜 자네가 노망이 나서 그러나?"

"에효, 태성아. 아무래도 우리 우두머리가 맛이 가버린 모양이다."

"차원이동이면 다른 차원으로 뿅! 가버리는 그거? 나도 뿅 가는 거 좋아해~ 아항~!"

"차원이동 마법진을 어떻게 만들겠다는 건지."

"도통 짐작이 안 가는데요?"

제로의 말에 다들 제 개성대로 한마디씩 내뱉었다.

아버지를 비롯한 몇몇 사람만 침묵을 지키고 있었다.

제로는 좌중의 분위기가 사그라질 때까지 기다렸다가 말을 이었다.

"차원이동마법진의 공식만 알아내면 마법진을 만드는 건 어려운 일이 아니에요. 일주일이면 충분히 완성할 수 있어요."

"그 차원이동마법진의 공식을 누가 알고 있느냐는 거지."

제로의 시선이 내게 향했다.

나? 난 차원이동 마법진의 공식 같은 거 전혀 모르는데?

그때 내게 고정되어 있던 제로의 눈동자가 옆으로 살짝 움직였다.

그의 시선이 멈춘 곳엔 록시가 서 있었다.

뭐야…? 록시를 보는 건가? 설마, 그럴 리가…….

"보지 못하는 척해서 미안했습니다. 록시님."

"……!"

"……!"

"……!"

나를 비롯한 록시 일행은 한 방 얻어맞은 듯 멍해졌다.

"지금 누구랑 이야기하는 거야?"

"록시? 우리 중에 록시란 이름 가진 사람 있어?"

"없는 걸로 압니다만."

"아, 아무래도 제로님이 가드마스터가 당면한 위기에 해결책을 내놓지 못하자 뇌의 과부하로 인해 확 돌아버린 것이 아닐까 하는데요……."

제로는 사방에서 들려오는 소리들을 깨끗이 무시해 버리고서 다시 록시에게 말을 걸었다.

"사실 최근 사령술을 익히기 시작하면서 제 눈에는 록시님이 보이기 시작했어요."

제로가 사령술을 익혀?

전혀 몰랐다.

"싱크로 드림을 시전하게 된 날, 제게 주어진 꿈속의 기나긴 시간 속에서 사령술에도 손을 대보기로 했죠. 지금 저는 2서클의 사령술을 구사할 수 있어요."

"그럼… 그때부터 록시가 보이기 시작했다는 겁니까?"

"네, 일부러 말 안 했던 건 아니에요. 말할 기회가 없었을 뿐이죠. 그리고 저는 록시님에 대해 잘 알고 있어요. 루시르 대륙에서 절대 지존 마검왕으로 군림하셨던 분이죠."

나와 제로의 대화를 이도진이 끊었다.

"자꾸 둘만 아는 얘기할 거야?"

제로가 이도진에게 빙그레 미소 지었다.

"우리 둘만 아는 얘기가 아니에요. 몇 달 전, 유하님이 우리 모두에게 자신의 전생에 대해 털어놓았던 일 기억하시나요?"

"기억하다마다. 좀 황당하긴 했지만, 결국엔 믿었지."

"지금 유하님의 곁에는 루시르 대륙에서 지구로 넘어오다 메제르시엘의 모략에 당해 죽음을 맞이한 세 영웅의 영혼이 따라다니고 있어요."

"귀, 귀신이!"

"따라다닌다구요?!"

솔초아와 솔초리가 서로를 끌어안고서 와들와들 떨었다.

의외로 귀신을 무서워하나 보네?

"그리고 그 세 영혼 중 아까 말했던 록시님은 9서클의 마스터의 마법사로서 차원이동마법진의 공식을 알고 있어요. 그렇죠?"

"…그렇다."

록시가 대답했다.

아무튼 좋다.

제로가 사령술을 배웠든 록시를 보게 되었든 내 알 바 아니다. 중요한 것은 록시를 볼 수 있는 사람은 루시르 대륙에서 넘어온 자들에 한정된다는 것이다.

난 그것을 제로에게 따지려 했다.

그런데 제로는 내 물음이 터져 나오기도 전에, 먼저 대답을 내놓았다.

"사실 전… 메제르시엘에서 잡아들인 흑마법사들을 생체 실험의 재료로 이용해 태어난 키메라예요. 때문에 제 근본은 지구가 아닌 루시르 대륙이라는 말이죠."

"그래서… 사령술을 익히자 록시 일행이 보였던 거였군요."

"그래요. 설명이 충분히 되었나요?"

"…네."

"그럼 이제 록시님께 도움을 청할 차례네요."

난 록시를 바라보았다.

록시는 내게 두었던 시선을 제로에게 돌렸다.

"차원이동마법진의 공식을 알려주면 메제르시엘을 확실히 제압할 수 있나?"

으… 저 말투.

처음 록시가 내게 구사하던 말투다.

지금이야 날 대할 땐 많이 여성스러워졌지만, 불과 두 달 전까지만 해도 말투 하나하나가 무지하게 딱딱하고 차가웠다.

나한테 하는 말도 아닌데 그저 듣는 것만으로도 소름이 쫙쫙 끼친다.

하지만 제로는 그런 록시의 말투에 전혀 타격을 받지 않았다.

그는 그저 기계적으로 자신이 해야 할 말들만 내뱉었다.

"제압할 수 있습니다."

"계획이나 들어보지."

"놈들과 전쟁을 치를 장소로 가드마스터의 기지를 택할 거예요."

"계속해 봐."

"물론 가드마스터의 기지 전체엔 일주일 동안 차원이동마법진이 그려질 거예요. 가드마스터의 기지는 블락 스페이스 마법이 시전되어 있고, 하늘에 떠 있으니 누구의 눈에도 띄지 않게 전쟁을 치를 수 있는 좋은 장소죠."

"그래서… 적당히 치고받고 싸우는 척하다가 메제르시엘 녀석들을 기지 깊숙한 곳으로 유인한 다음, 차원이동 마법진을 가동한다?"

"네."

"차원이동마법이 발동되어 버리면 그 안에 함께 있는 가드마스터의 대원들 역시 휘말려 버릴 텐데?"

그게 문제다.

그렇다고 기지에서 일제히 빠져나가 버리자니, 메제르시엘 녀석들은 분명히 눈치를 챌 테고.

하지만 제로는 고민없이 대답했다.

"희생을 해야죠."

"희생?"

"우리들도 전부, 메제르시엘과 함께 다른 차원으로 넘어가는 거예요. 신천지교의 신도들을 정리해 줄 사람, 딱 한 명만을 남겨두고 말이죠."

"그게 근원적인 해결책이 되나? 메제르시엘 놈들이 다른 차원으로 가버리면, 그 곳에서 다시 지구로 돌아오려 할 텐데?"

"아니요. 사람이 살 수 없는 곳으로 갈 거예요."

"사람이… 살 수 없는 곳?"

"네. 차원과 차원 사이의 정돈되지 못한 혼란의 공간, 우리는 이를 카오스라 부르죠."

"차원이동 마법진의 좌표 자체를 카오스로 설정해 놓는다는 건가?"

"그래요."

"카오스라는 공간이 존재한다는 건 알고 있었지만, 그 공간을 갔다와 본 적은 없다. 때문에 난 카오스로 향하는 차원이동 마법진을 만들 수 없어."

"아니오, 만들 수 있어요."

"어떻게 장담하지?"

"메제르시엘에서 몸담고 있던 시절 오하렌에게 들은 말이 있어요. 잘못 그려진 차원이동 마법진을 시전할 경우 마법에 휩쓸린 것들은 전부 다 카오스로 가버린다고."

"확실한가?"

"네, 무슨 이유에서인지는 모르겠지만 오하렌은 차원이동 마법에 대해 줄곧 연구하고 있었어요."

"…오하렌이 차원이동 마법 연구를?"

"네."

록시의 얼굴에 궁금함이 일었다.

나도 이 문제에 대해선 대단히 궁금했다.

오하렌이 대체 뭣 때문에 차원이동 마법진에 대해서 연구했단 말인가.

녀석은 지구를 지배해서 잘 먹고 잘살아갈 생각이었던 게 아니었나?

내가 고민에 빠져 있을 때 록시의 음성이 다시 들려왔다.

"어찌 되었든 차원이동 마법진을 그린다는 건 어려운 일이다. 난 이론만으로 그것을 알고 있을 뿐 실제로 그려본 적은 없다."

"괜찮아요. 차원이동 마법진을 완벽하게 그려 버린다면 오히려 그게 더 문제가 되겠죠. 우리가 준비할 차원이동마법진은 적당히 불안정해야 해요. 그래야 메제르시엘 녀석들을 카오스로 보내 죽음을 선사할 수 있을 테니까요."

"그리고 우리도… 개죽음을 당해야 한다는 게 영 마음에 안 드는데요……"

황지혁이 우울하게 읊조렸다.

그러자 옆에 서 있던 이도진이 황지혁의 정수리를 주먹으로 내려쳤다.

쾅!

"아악! 그, 그 돌덩이처럼 무식한 주먹으로 제 머리를 내려치면 죽어버릴지도 모르는데요… 머리 나빠서 힘으로 모든 일을 해결하려 든다는 건 전부터 알고 있었지만 이번엔 좀 심했는데요……."

황지혁이 정수리를 비비며 투덜댔다.

"자식아, 지금 하나같이 숭고한 자기희생 정신을 불태우면서 사령실의 열기가 뜨거워지려 하는 판인데 그렇게 찬물을 끼얹어야겠냐?"

"다들 이도진 아저씨와 같은 생각인가요?"

황지혁이 주변을 둘러보며 물었다.

"당연하지!"

엘린이 두 주먹을 불끈 쥐고 소리쳤다.

"세상을 위해 기꺼이 목숨을 내놓는 것! 그것이 바로 멋진 영웅의 삶! 나의 몸속엔 활화산 같은 영웅의 피가 흐르고 있어! 메제르시엘 놈들을 골로 보낼 수만 있다면, 그깟 죽음 따위 요만큼도 두렵지 않아!"

"동감."

"나 역시."

엘린의 말에 근육질 마법사 서대호와 이대성이 고개를 끄덕였다.

"메제르시엘을 죽인다면 앞으로 세상에서 벌어질 온갖 악행과 범죄들을 미리 방지하는 게 되겠지요. 현 경찰청장의 손주인 나 방상진은 대한민국과 전 세계의 무궁한 발전 및 평화를 위해 기꺼이 목숨을 버릴 수 있습니다만."

"나 역시 늙은 목숨 미련은 없다."

방상진과 곽태성이 차례로 말했다.

"가드 마스터 대원이 되고 나서 단 한시도 쉴 수가 없었지. 이제는 바쁘게 사는 게 버릇이 되어 버려서 죽지 않는 이상 계속 쉴 틈이 없을 것 같아. 이번 기회에 미련 없이 쉬어버리는 것도 나쁘지 않겠지."

"우, 웅치도 죽는 거, 아, 안 두렵다."

맥클린과 웅치의 말이었다.

"난 죽는 건 무섭지만… 그치만 지환 오빠와 함께라면 괜찮아요!"

화령이가 뉴페이스, 오지환에게 달려가 허리를 끌어안았다.

오지환은 그런 화령이를 보며 고개를 끄덕였다.

"나도 너와 함께라면 괜찮아."

오지환과 화령이는 서로 입을 맞추었다.

쪽!

…뭐지? 눈 깜짝할 새 벌어진 이 닭살 퍼포먼스는?

내가 황당해하자 제로가 말했다.

"두 사람은 일 년 넘게 사귀는 연인 사이예요."

"오지환이라는 분은… 나이가?"

"스물여덟."

저 얼굴로?

엄청난 동안이구만.

내가 알기로 화령이는 이제 스물.

무려 여덟 살 연하를 사귀다니, 능력도 좋다.

"내가 따라가야 카오스에 떠다니는 메제르시엘 놈들의 더러운 시체를 처리해 주지."

"형님이 가는 데 아우가 따라가야지."

"그럼, 그럼."

일성, 이성, 삼성, 세 쌍둥이의 말이었다.

"우리도!"

"같이 갈 거예요! 카오스로!"

이건 솔초아, 솔초리 자매.

"후훗~! 섹시랭은 그런 뿅 가는 경험 좋아하니까 무조건 갈 거야, 아항~!"

"나도 판타스틱한 게 좋아. 카오스? 얼마나 판타스틱한 지 느껴보고 말겠어."

이건 섹시랭과 랑시의 말.

"흠… 세계의 명운을 앞에 놓고 사사로운 개인의 목숨이 중요하게 느껴진다면 가드 마스터로서의 자격이 없는 것이겠지. 나 역시 따라가겠소."

"당신이 간다면 저도 가겠어요."

마지막으로 아버지와 어머니의 말이었다.

이도진이 씩 웃으며 황지혁을 바라봤다.

황지혁이 깊은 한숨을 내쉬었다.

"하아… 다들 미친 것 같은데요……."

"그래서 너는?"

"…다들 뒈져버리면 저 혼자 살아봤자 재미가 없을 것 같은데요. 그냥 같이 가는 게 나을 것 같은데요."

"잘 생각했다! 으하하하하!"

이도진이 경쾌하게 웃으며 황지혁의 등을 짝! 소리 나게 때렸다.

"크억!"

황지혁이 그대로 엎어져서 바들바들 떨었다.

죽은 거 아니야?

황지혁까지 마음을 정하자 모두의 시선이 내게 향했다.

난 망설임없이 입을 열었다.

"나 역시 여러분과 함께……."

"아니오."

한데 제로가 말을 잘랐다.

"제로…?"

"유하님은 미끼가 되지 않을 거예요."

CHAPTER **03**
일주일 후

현대강림 마스터

이건 또 뭐야?

나만 미끼가 되지 않을 거라니?

"자세한 설명이 필요할 것 같은데요."

"아까 얘기했었죠. 우리 중에 한 사람은 신천지교의 신도들을 막아야 한다고. 그런데 이 중에서 신천지교를 가장 잘 아는 사람은 유하님뿐이에요. 그리고 가드 마스터 내에서 가장 강한 사람 역시 유하님이죠."

"그래서… 저만 혼자 살아남으라는 겁니까?"

"지금으로서는 그게 가장 합리적인 선택이에요."

"하······."

오늘따라 머리로는 이해해도 가슴이 따라주지 않는 상황에 많이 직면하는 것 같다.

"아들아."

어느새 곁에 다가온 아버지가 날 불렀다.

"네."

"사람에겐 각자 해야 할 일이 있는 법이다. 그리고 지금 네가 뭘 해야 하는지 너는 잘 알고 있을 것이고."

"······."

"여기 있는 사람들을 보거라. 다들 자기 몫을 하기 위해 죽음이라는 공포와 필사적으로 싸우고 있다. 하나같이 바보들뿐이라 말을 호기롭게 했다만 지금도 몇몇은 마음속에서 이게 과연 잘하는 짓일까? 하는 생각이 숨통을 죄어올 게다."

아버지의 얘기에 모두가 숙연해졌다.

"어쩌면 너를 부러워하는 이들도 있겠지. 내가 살아남아서 신천지교를 정리해 버렸으면 좋겠는데. 사실 나 역시도 그렇다. 이제야 겨우 네 어미랑 제대로 된 신혼을 보내는 기분인데, 일주일 뒤에 알아서 죽음을 찾아가야 한다니. 얼마나 비극적이냐?"

"아버지······."

"맘 같아선 그냥 네놈더러 죽으라 그러고 내가 살고 싶다만, 아무리 생각해도 역시 우리 중에서 신천지교를 제대로 막아낼 수 있는 사람은 너밖에 없다."

…이거 들으면 들을수록 나를 칭찬하는 건지, 욕하는 건지 알 수가 없어진다.

"그러니까 네가 잘난 덕에 남의 살 자리 빼앗았으면 투정 부리지 말고 열심히 살아서 네 몫 잘 마무리하란 말이다. … 알았느냐, 아들아."

아버지의 눈에서 처음으로 진지함이 보였다.

난 그런 아버지 앞에서 그저 고개를 끄덕일 수밖에 없었다.

"…알겠습니다, 아버지."

어머니가 천천히 다가와 그런 날 끌어안았다.

"우리 유하, 이제 정말 다 컸네."

"어머니……."

"엄마, 걱정 없이 아버지랑 좋은 곳으로 갈 수 있겠다."

어머니의 그 말이 갑자기 비수가 되어 심장에 꽂혔다.

…너무 분위기에 심취해 잊고 있었다.

다들 쉽게 쉽게 죽음을 말하기에 그 단어가 주는 무게감을 잊고 있었다.

그래, 우리는 지금 죽음을 말하고 있다.

가드 마스터의 모든 이들과 내 부모님은 죽음을 각오하고 있는 것이다.

여기 있는 사람들의 생은 이제 일주일밖에 남지 않았다.

일주일이 지나고 나면 나는 부모님과 이별해야 한다.

두 번 다시 볼 수 없게 된다.

부모님께서 돌아가신다.

그것을 막을 수 있는 힘이 내게는 없다.

'무력해.'

록시를 만나고 나서 지금껏 단 한 번도 내가 무력하다고 생각해 본 적 없었다.

힘을 얻게 된 난, 원하는 걸 모두 손에 넣었고 지켜야 할 사람들을 전부 지켜냈다.

사람도 돈도 명예도 전부 가졌다.

그런데 오늘은… 정말 내가 무력하게만 느껴졌다.

난 어머니의 등에 손을 둘렀다.

내 눈에서 눈물이 흘러내렸다.

어머니는 말없이 내 머리를 어루만졌다.

그렇게 우리 두 사람은 한참 동안 서로를 끌어안고 있었다.

* * *

기지 전체를 아우르는 거대한 차원이동 마법진이 장장 5일에 걸쳐 완성되었다.

마법진은 록시가 내 몸에 빙의해 직접 그려 나갔다.

우리에게 필요한 차원이동 마법진은 완벽해서는 안 된다.

차원이동 마법은 발동되되, 차원이동의 좌표가 엉망이어야 한다.

그러기 위해서는 마법진 자체에 약간의 하자가 있어야 했다.

그 하자를 만들어내는 방법은 좌표를 뜻하는 룬 문자를 살짝 어그러지게 그리는 것이다.

록시는 이를 완벽하게 해냈다.

이제 전쟁은 이틀 앞으로 다가왔다.

그날 밤은, 아버지의 숙소에서 어머니와 같이 밤새도록 이야기를 나누었다.

*   *   *

다음 날.

이제는 전쟁이 하루 앞으로 다가왔다.

나는 기지에서 내려와 간만에 집을 찾았다.

포근한 내 보금자리에 돌아오자마자 샤워를 하고 옷을 갈아입었다.

이후, 회사로 출근했다.

오전 아홉 시.

만약 직원들이 깨어 있다면 밤을 샌 다음 이제 막 잘 준비를 하는 것일 테고, 자고 있다면 한잔 거하게 걸친 뒤, 새벽에 잠이 들어 점심에나 깰 준비를 하고 있을 것이다.

오늘은 전자였다.

"아이고~ 사장님! 왜 이렇게 오래간만에 오셨어요?"

박 차장이 의자에서 점프하듯 뛰어올라 내게 다가왔다.

그는 양손을 싹싹 비비며 허리를 구십 도로 숙이고서 아부를 떨어댔다.

"박 차장님."

"네, 사장님."

"이제 주무시겠네요?"

"네? 그게 무슨 말씀이세요. 회사 업무 이제 막 시작했는데요."

어라?

오늘은 웬일로 정상적이야?

난 다른 직원들을 둘러보았다.

정 과장도, 정 대리와 하 사원, 노 사원도 전부 자기 자리를 제대로 지키고 앉아 있었다.

"오늘 해가 서쪽에서 떴나요?"

"에이, 사장님, 해는 동쪽에서 뜨죠! 으헤헤헤헤헤헤헤!"

정 과장이 내게 삿대질을 하며 웃었다.

뻐드렁니를 훤히 드러내고서 크게 웃는 것이 마치 사장이면서 그런 것도 모르냐는 듯 비웃는 것 같았다.

아니, 저건 비웃는 게 확실하다.

그러자 노 사원이 한숨을 푹 쉬면서 내게 말했다.

"사장님, 정말 비아냥거리는 것도 알아듣지 못하는 저런 암적인 존재가 회사에 있는데도, 그나마 회사가 돌아가는 건 전부 다 사장님 덕분입니다, 예."

노 사원이 내게 아부를 떨자 박 차장이 갑자기 불안해했다.

아부로 밀릴 수는 없다는 간절함이 그의 얼굴에 고스란히 드러나 있었다.

그는 어찌할 바를 모르다가 갑자기 정 과장에게 돌진했다.

그러고서는,

"으헤헤헤헤헤!"

짝!

"억!"

바보같이 웃고 있던 정 과장의 뺨을 냅다 갈겼다.

그 광경에 다른 직원들이 모두 깜짝 놀라고 말았다.

물론 가장 많이 놀란 건 정 과장이었다.

하지만 박 차장은 이를 아랑곳 않고 정 과장을 질책했다.

"지금 뭐하는 거야, 어?! 이 광어처럼 생겨서 멍청한 게…

어휴, 내가 너 때문에 머리가 빠져! 알아? 네가 바보처럼 행동할 때마다 나도 피해를 봐! 가슴이 답답해서 탈모가 와, 탈모가! 장난으로 던진 돌에 고양이가 죽어!"

…고양이가 왜 죽어? 개구리가 죽지.

아니, 설사 저 속담을 제대로 말했다고 한들, 지금 이 상황에 어울리기나 하냐고.

박 차장은 열심히 열을 냈고, 정 과장은 불쌍한 얼굴로 아무런 대꾸도 못했다.

노 사원과 하 사원은 박 차장이 정 과장을 혼내는 모습을 보며 큭큭거리며 웃었다.

정 대리는 주변에서 떠들어대거나 말거나 땅콩이랑 소시지 등, 군것질 거리들을 까먹느라 바빴다.

"어째 오늘은 지극히 정상적이다 싶었더니… 결국 이런 식으로 터진다 이거지?"

개판도 이런 개판이 따로 없다.

대체 이 꼬라지를 보고 누가 이곳이 회사라고 생각하겠는가?

후우, 끓는다, 끓어.

"여, 러, 분."

난 솟구치는 분노를 목소리에 담아 한 자 한 자 끊어 뱉었다.

그러자 난리법석을 떨던 직원들이 그대로 굳어버렸다.

"자리에 앉으세요."

착착착!

직원들은 번개 같은 동작으로 의자에 앉았다.

"묻겠습니다. 혹시 오늘 밤샜나요?"

"아닙니다!"

마치 군대에 온 것처럼 한 목소리로 대답한다.

군기가 바짝 올랐다.

"그럼 새벽까지 술 마시다가 잤나요?"

"아닙니다!"

"어제 일찍 자고 오늘 일찍 일어났단 말이죠?"

"그렇습니다!"

"보통은 이런 광경 보기 힘든데 무슨 일이 있었나요?"

그 질문에서는 다들 입을 다물고서 침묵하는데 눈치없는 정 과장이 냅다 진실을 토로했다.

"사실 그 전전날부터 술자리를 시작했거든요. 헤헤, 2박3일 내도록 달리다가 어젯밤에 잠들어서 오늘 아침 여덟 시까지 야무지게 잤더니 하나도 안 졸리네요. 헤헤헤!"

"야 이, 멍청아!"

박 차장이 또다시 정 과장에게 욕을 했다.

"아, 정 과장님 그걸 말하면 어떡합니까?"

정 대리가 잔뜩 억울한 얼굴로 정 과장을 탓했다.

"정 과장님이 괜히 살찐 게 아니에요. 밥도 먹고 눈치도 말아 먹어서 살이 찐 거예요."

"정 과장님은 도대체 왜 그래요? 아니 머리가 크면 보통 똑똑하지 않아? 뇌도 크잖아? 그런데 되게 멍청해!"

노 사원과 하 사원이 대놓고 상사를 비난했다.

이럴 땐 박 차장이 당연히 두 사원을 혼내야 하는데.

"저 손에 살찐 거 봐, 저거."

사원들과 합세해서 정 과장을 인신공격해 버린다.

아무튼 간에!

"아, 2박3일 술 먹고 어젯밤 일찍 뻗는 바람에 오늘 일찍 일어들 나셨다구요? 아주 자랑스럽습니다."

내 입에서 서슬 퍼런 목소리가 흘러나왔다.

그제야 정 과장도 분위기 파악을 하고서 내 눈치를 살폈다.

"한마디로 2박3일은 일을 안 했단 얘기네요?"

"저기 사장님, 그래도 사장님께서 맡겨두신 일은 무리없이 진행시켰어요."

박 차장의 말이었다.

그런데 여기에 아주 커다란 오류가 있었다.

"난 여러분한테 무언가를 맡긴 적이 없는데요?"

"네?"

박 차장이 깜짝 놀랐다.

"맡기긴 뭘 맡깁니까? 그냥 알아서 자기 할 일 열심히 하시는 거지."

"아니… 뭔가 맡기지 않으셨나요?"

"안 맡겼다니까요."

"일을 안 맡기셨으면 물건이라도……."

"박 차장님!"

"죄, 죄송합니다."

후우, 이거 특단의 조치를 취해야겠군.

"오늘 제가 오래간만에 회사에 왔어요. 사실 나 없는 동안에도 여러분이 맡은바 업무를 열심히 하고 계셨다면 퀸과 영상통화를 시켜주려 했어요."

"퀴, 퀸님이랑요!"

"오 마이 갓!"

"하지만 이미 버스는 떠났어요."

"사장님! 제발 한 번만 더 기회를!"

"물론 드려야죠. 한데 이번엔 제가 좀 멀리 떠납니다. 한일 년 정도 뒤에 돌아오게 될지도 몰라요."

"이, 일 년 동안이나요? 어이쿠! 이거 안타까워서 어떡합니까?"

박 차장은 좋아 죽겠다는 얼굴로 아쉬운 듯 연기를 하느라

애쓰고 있었다.

"근데… 일 년 뒤, 회사 매출이 세 배 이상 뛰어 있으면 이번에는 영상통화가 아니라 퀸을 직접 만나게 해드리죠."

"우오오오오오오!"

갑자기 직원들의 사기가 하늘을 찌를 듯 확 올라갔다.

하여간에 본능적인 작자들이다.

"일 년 동안 개처럼 소처럼 일하면 정말 퀸님이랑 결혼시켜 주시는 거죠, 형님?"

흥분한 노 사원이 나를 형님이라고 불렀다.

"누가 형님입니까? 그리고 결혼시켜 준다고 말한 적 없어요. 만나게 해준다고 했지."

"사실 우리 아빠 겁나 부자라 마음만 먹으면 언제든지 퀸 볼 수 있는데! 내가 일부러 사장님 장단 맞춰주는 거예요! 우리 아빠 겁나 부자예요!"

하 사원이 소리쳤다.

저건 하여튼 입만 열면 뻥이다.

"아무튼 열심히들 하세요. 전 갑니다."

난 직원들을 뒤로하고 회사에서 나왔다.

*　　　*　　　*

스카이 엔터테인먼트 춘천 지부를 찾아갔다.

아무런 연락도 없이 갑작스레 방문했는데 다행스럽게도 로제와 소정이를 모두 볼 수 있었다.

두 사람은 휴게실에서 차를 마시다가 날 발견하고서는 반갑게 맞이했다.

"유하! 무슨 일이야?"

"어? 유하야! 연락도 없이 어쩐 일이야?"

이제 소정이의 미모는 하루가 다르다 하고 예뻐지는구나.

연예인들을 가장 예뻐지게 만드는 건 성형이 아니라 카메라 마사지라더니 소정이가 그 예를 가장 잘 보여주는 경우다.

소정이는 얼굴에 전혀 칼을 대지 않았다.

한데 데뷔 초랑 지금을 비교해 보면 기본 바탕은 같지만 수십 배는 더 예뻐졌다.

카메라 마사지가 무엇인가 하면, 텔레비전에 나온 연예인들을 본 사람들이 예쁘다, 아름답다고 칭찬을 계속해 주면 연예인들은 그 칭찬을 먹고서 더더욱 예뻐진다는 것이다.

그게 카메라 마사지다.

그런 옛날이야기도 있지 않던가?

어느 남자가 동네에서 가장 못생긴 여자를 색시로 데려왔는데, 매일 같이 예쁘다고 해줬더니. 몇 년 후에는 정말 그 여자가 동네 제일가는 미녀가 되었다는.

물론 옛날이야기이기에 비약이 조금 있긴 하지만, 어찌 되었든 소정이는 카메라 마사지의 혜택을 정말 잘 받은 케이스다.

"그냥 잘들 지내고 있는지 궁금해서 와봤어."

"뭐야? 어디 떠나는 사람처럼."

로제가 시큰둥한 얼굴로 톡 쐈다.

"응, 어쩌면 떠나게 될지도 몰라서."

"뭐?"

"떠난다고?"

"그래."

"어디로 떠나는데? 해외라도 갔다 오게? 그럴 거면 나랑 같이 가던가. 소정이는 곧 미니앨범 발표하니까 바빠서 안 되겠지만."

로제의 말에 소정이가 아쉬운 표정을 지었다.

"우리나라에도 좋은 곳이 얼마나 많은데 해외를 뭐하러 나가?"

"그럼? 목적지가 어디야?"

"그런 거 없어. 그냥 바람처럼 지내볼 생각이야."

내 말에 소정이가 조심스레 물었다.

"언제쯤… 돌아올 건데?"

"모르겠어. 일주일이 될 수도 있고, 십 년이 될 수도 있고.

떠나봐야 알 것 같아."

"일주일에서 십 년은 너무 갭이 크지 않나?"

로제가 내 옆구리를 쿡 찔렀다.

"크지. 그래서 정확히 대답 못해주겠어. 어디로 가는 건지, 얼마나 있다 올 건지 나도 몰라."

"무슨 심경의 변화라도 생겼나 봐?"

"뭐… 그렇지."

소정이가 내 손을 꼭 잡았다.

"무슨 일인지는 모르겠지만, 유하는 잘 정리하고 돌아올 거라고 생각해."

"…응."

로제가 내 등을 탁! 때렸다.

"나도 넌 별로 걱정 안 돼. 요새 한창 잘나가잖아? 루시르 그룹 얼마나 짱짱해? 초산삼정 프렌차이즈 사업도 대박인데 다가 화장품 사업, 2차 가공생산품들도 잘 팔리고 초산삼 그 자체의 판매율도 점점 더 상승가도를 달리는 중이라고 아는 데?"

"나보다 더 잘 아는 것 같다?"

"스카이 엔터테인먼트의 정보 수집력을 우습게 보지 마. 이 망할 인간아!"

"우습게 본 적 없어! 왜 갑자기 혼자 흥분해서 욕이야, 욕이!"

"히힛. 장난."

…진짜 할 말 없게 만드는 인간이다.

아무튼 두 사람의 얼굴도 봤으니 이제 됐다.

"그럼 난 가볼게."

"벌써 가려고? 조금 더 있다가 점심이라도 같이 먹고 가지."

소정이가 서운한 듯 말했다.

"가봐야 돼. 또 만날 사람들이 있거든."

"그래, 가라 가. 하여튼 대스타들 앞에서 엄청 비싼 척한다니까."

로제가 툴툴댔다.

난 그런 두 여인에게 빙그레 웃어 보이고서 스카이 엔터테인먼트를 나왔다.

*   *   *

초산삼정 본점은 여전히 문전성시였다.

게다가 지금은 점심나절인지라 문 앞에서 건물 외벽을 타고 이어진 사람들의 줄이 엄청 길었다.

그런데 그 줄 속에서 반가운 얼굴들을 볼 수 있었다.

린과 로제의 경호원 영우였다.

"린! 영우 씨!"

"어? 정우야!"

"안녕하십니까, 정우님."

"두 사람, 여기서 점심하려고?"

"응."

"네."

린과 영우가 동시에 대답하고서 시선을 맞추더니 서로 배시시 웃었다.

이거, 분위기가 심상찮네.

"혹시 둘……"

내가 질문을 다 끝내지도 않았는데, 린이 고개를 끄덕였다.

"맞아, 사귀기로 했어."

"그렇게 됐습니다."

"누가 먼저 용기를 낸 거야? 린? 영우 씨?"

"제가… 먼저 말을 꺼냈습니다."

"아, 저한테 린의 전화번호를 물어본 그날 바로 고백한 건가요?"

"그날 바로는… 못했습니다. 그 다음 날 연락해서 만나자고 했습니다. 남자가 여자에게 고백을 하는데, 얼굴도 보지 않고 전화상으로 말하는 건 예의가 아니라고 생각했습니다. 그런데 번호를 물어본 당일에는 도통 용기가 나지 않아, 다음 날 연락을 했습니다."

"그래서 린이랑 만났고, 고백을 했다?"

"네."

린이 그때의 일을 회상하는지 몸을 배배 꼬았다.

"어찌나 박력있던지… 이미 반해 있었는데, 더 반해 버렸지 뭐야."

"…창피합니다."

"창피하긴요!"

린이 내 어깨를 턱 잡았다.

그러고서는 부리부리한 눈으로 날 바라보더니 목소리를 굵게 변조했다.

"린님! 처음 그대의 향기를 맡는 순간부터 이미 내 마음을 빼앗겨 버렸습니다! 저와 사귀어 주십시오!'"

"……."

"……."

영우와 내 얼굴이 동시에 붉어졌다.

대체 뭐야, 이 손발 오그라드는 멘트는!

린이 헤실헤실 웃었다.

"하아~ 어찌나 멋있는지 심장이 터질 뻔했어. 아무튼 그날 이후로 이렇게 된 거야."

린이 영우에게 팔짱을 꼈다.

"네… 그렇게 됐습니다."

그렇구만.

"두 사람, 정말 보기 좋아요."

"진짜? 잘 어울려?"

"정말 잘 어울려."

"가, 감사합니다."

"아, 영우 씨."

"말씀하십시오."

"도진 아저씨… 아니, 회장님 말입니다."

"네."

"근래 영우 씨나 다른 사람들에게 별말 안 하던가요?"

"전혀 없었습니다. 무슨 일 있습니까?"

"아니에요. 그럼 됐어요."

"…네."

영우는 뭔가 탐탁찮은 얼굴이었지만 더 묻지 않았다.

이도진 이 양반, 이제 내일이면 이승의 모든 것들과 빠이빠이 해야 하는데, 뒷정리를 이렇게 안 해도 되는 건가 모르겠다.

내 입장과 이도진의 입장은 다르다.

그는 죽음이라는 것이 기정사실처럼 목전에 다가와 있다.

하지만 난… 가드 마스터의 작전이 성공하면 살 수 있다.

만약 작전이 실패한다면 그 대가는 죽음으로 돌아오겠지만 말이다.

그래서 지금껏 만난 사람들에게 어디 먼 곳으로 떠났다가 돌아오겠다는 식으로 말을 한 것이다.

아무튼 가드 마스터가 메제르시엘을 막지 못하면 그 이후부터 세상은 메제르시엘의 지배하에 놓이게 된다.

내가 여태껏 지켜왔던 모든 것들이 다 무너지게 된다.

절대 그런 일은… 없어야 한다.

아무튼 린과 영우에게는 굳이 심각한 작별 인사를 나누지 않아도 될 것 같았다.

"두 사람 식사 맛있게 하세요."

"응! 잘 가 정우야~!"

나를 아무렇지 않게 보내며 손을 흔들어주는 린의 반응이 어색했다. 하지만 아쉬운 마음이 드는 건 아니었다. 오히려 좋았다. 그녀가 정말로 의지할 수 있는 사람이 생겼다는 것이.

"들어가십시오."

영우는 허리를 구십 도로 숙여 인사를 건넸다.

영우에게 린을 내가 얼마나 아끼는 사람인지 아느냐, 눈물나게 하면 가만두지 않겠다, 등등의 촌스러운 얘기는 하지 않았다.

두 사람이 사귀게 된 이상 매일매일을 행복 속에 지내든,

서로 물고 뜯고 할퀴고 싸운 뒤 마음까지 짓밟고서 헤어지든
그들이 알아서 할 문제다.

　게다가 내가 린의 부모도 아닌 이상 당부를 가장한 협박의
말을 더더욱 필요치 않았다.

　난 풋풋한 사랑을 시작한 두 사람에게 손을 흔들어 주고서
걸음을 옮겼다.

　　　　　　*　　　*　　　*

　집으로 돌아왔다.

　난 베르함에게 오늘 일이 끝나면 정혜와 함께 오라고 의지
를 전해 놓았다.

　밤 열두 시.

　베르함은 정혜와 함께 집으로 돌아왔다.

　"사장님, 어쩐 일이에요?"

　정혜가 들어오며 내게 물었다.

　"제가 꼭 무슨 일이 있어야 초대했었나요?"

　"그렇진 않죠."

　"않죠."

　"네."

　밝게 웃은 정혜가 소파로 와 앉았다.

베노하는 그 옆에 엉덩이를 붙였다.

난 그들의 맞은편에 자리했다.

"일하는 거 많이 힘들죠?"

내 물음에 정혜가 대답했다.

"아니오. 요즘엔 분점이 많이 생겨서 본점으로만 사람이 몰리지 않으니까 피크 타임 빼면 할 만해요."

"그래요? 다행이네요."

"베노하."

"응?"

"정혜 어떻게 생각해?"

"……."

베노하가 대답을 하지 못했다.

난 베노하의 눈을 유심히 바라보았다.

지금 그는 기본적으로 연기를 하고 있는 상황이다.

나 이외에 다른 사람이 있을 땐, 날 친구 대하듯 하라고 명령 받았기 때문이다.

그래서 대답을 망설이는 모습도 연기의 일부분일 수 있다.

즉, 정혜에게 마음이 있는 척 연기하고 있는 것일지도 모른다는 것이다.

그런데… 어느 순간부터 난, 베노하가 정말로 정혜에게 마음이 있는 것처럼 느껴졌다.

지금의 망설임도 단순히 연기처럼은 보이지 않는다.

무조건 주인의 명령에 복종해야 하는, 그래서 자아 의지 따위 없는 그랜드 리치가, 이성을 사랑하게 된다는 게 말이 되는 이야기인가?

베노하가 한참 동안 말을 못하고 있자 정혜의 시선이 그를 향했다.

그녀는 무언가를 잔뜩 기대하는 눈빛이었다.

"말해봐, 베노하."

"……"

베노하는 여전히 대답하기를 망설였다.

"베노하."

내가 한 번 더 그를 재촉했다.

그제야 베노하의 입이 열렸다.

"사실… 잘 모르겠어. 나한테 이런 감정이 생기면 안 되는 건데……."

베노하가 혼란스러워 하고 있었다.

"그런데… 나, 난… 정혜를……. 내가… 내가, 그러면 안 되는 내가 정혜를……."

베노하의 시선이 떨렸다.

그 다음엔 얼굴이 목이, 나중에는 전신이 달달 떨려왔다.

"난 정혜를……."

"그만."

정혜가 베노하의 손을 잡았다.

그러자 거짓말처럼 베노하의 떨림이 멎었다.

그가 정혜를 바라보았다.

"힘들면 더 얘기하지 않아도 돼요. 무슨 아픔이 있는 건지, 무엇 때문에 남을 좋아하면 안 된다고 하는 건지 모르겠지만… 애써 노력하지 않아도 돼요."

"정혜 씨……."

정혜가 희고 고운 손으로 베노하의 이마에 맺힌 식은땀을 닦아주었다.

베노하는 한참 동안 정혜의 눈을 바라보다가 시선을 내게 돌렸다.

그는 날 보며 불안해하고 있었다.

더불어 내게도 약간의 불안감이 엄습했다.

만약 그가 자의식을 가지게 된다면 그랜드 리치로 살아가는 건 힘들어진다.

베노하의 본질은 나와 주변 사람들을 핍박하려 했던 적군이며, 사악한 흑마법사다.

그가 자의식을 되찾는 순간 당장 함께 일하는 정혜부터 위험해질지 모른다.

난 깊은 고민에 빠졌다.

　　　　　　＊　　　＊　　　＊

　새벽 두 시.

　우리 세 사람은 간단한 술자리를 가졌고, 빨리 끝났다.

　정혜는 짧은 시간 동안 쉬지 않고 술을 마시는 바람에 완전
히 곯아떨어졌다.

　베노하가 자신에게 마음이 있다는 걸 확인한 다음, 신이 나
서 오버페이스로 달려 버린 것이다.

　나와 베노하는 거실 소파에 마주보고 앉아 한참 동안 말이
없었다.

　"베노하."

　무거운 정적을 깨고 내가 말했다.

　"네, 주인님."

　"지금부터 내게 한 치의 거짓도 말하면 안 된다."

　"명심하겠습니다."

　"묻겠다."

　베노하와 내 시선이 허공에서 어지럽게 얽혔다.

　"네 안에 정혜를 좋아하는 마음이 정말로 생긴 거냐."

　"…그런 것 같습니다."

　"너는 그랜드 리치다."

"알고 있습니다."

"그럼에도 불구하고 애정이 생겼다고?"

"…네, 생겼습니다."

"그렇다면 네 안에 자의식이 자라난다는 말이겠지."

"그렇습니다."

"그 자의식이 커지면 결국 넌 내 통제를 벗어나게 될지도 모른다."

"꿈에도 생각하기 싫은 일이지만… 그렇게 될까 봐 저도 두렵습니다."

"그럼 어찌 해야 할까?"

"제가 그렇게 되기 전에… 주인님의 손으로 절 죽여주십시오. 제 라이프 포스 베슬을 부숴주십시오."

"오버 스페이스."

난 아공간을 열어 베노하의 라이프 포스 베슬을 꺼냈다.

베노하는 내 손에 들린 자신의 생명이 담긴 유리통을 바라보았다.

"각오는 되었습니다."

베노하가 지그시 눈을 감았다.

난 그런 베노하에게 라이프 포스 베슬을 휙 던졌다.

베노하에게 날아간 라이프 포스 베슬이 녀석의 이마에 맞았다.

퍽!

"……?"

그리고 바닥으로 떨어졌다.

쾅! 데구르르르르르.

저 멀리 굴러가는 라이프 포스 베슬을 보면서 베노하와 난 식은땀을 삘삘 흘렸다.

"흐어어어어어. 이자식아, 깨질 뻔했잖아!"

"죄, 죄송합니다."

"난 잘 받을 줄 알았지. 그랜드 리치 정도 되면, 눈 감고도 날아오는 물건 같은 걸 캐치해야 하는 거 아니야?"

"워낙에 그럴 경황이 없었습니다. 죄송합니다. 그런데… 라이프 포스 베슬을 왜 제게……?"

"일단 저거 주워."

내가 라이프 포스 베슬을 가리켰다.

"알겠습니다."

베노하가 라이프 포스 베슬을 주워왔다.

"앞으로 그건 네가 보관해라."

"네?"

"이제 네 목숨은 네 것이다."

"주인님……."

"만약 네 안에 자의식이 자라나 네 사악한 본성이 정혜에게 해를 입힐 것 같다 느껴지면 스스로 그것을 부숴라. 이건 내가 네게 마지막으로 내리는 명령이다."

"주인님, 마지막 명령이라 함은 무슨 뜻입니까?"

"이제 네 삶은 네가 알아서 돌보라는 말이다."

"그 말은……."

"너와 나의 주종관계를 그만 끊으려 한다."

"말도 안 됩니다, 주인님. 제 정신은 주인님과 깊이 연결되어 있습니다. 그런데 어찌 주종의 관계를 끊는단 말씀이십니까?"

"이제부터 난 네게 아무런 명령도 내리지 않을 것이다. 넌 네가 하고 싶은 대로 하면서 살면 된다. 더 이상 이 집에서 나와 같이 살 필요도 없다. 새로운 집을 마련해 나가서, 정혜와 함께 삶을 꾸리거라."

"주인님……."

"오늘이 너와 나의 마지막 밤이 될 것이다."

"…알겠습니다. 그동안 감사했습니다"

"너무 무게 잡을 필요는 없다. 네가 초산삼정에서 일하는 이상 우리는 타인의 앞에서 오래된 친구 관계를 유지해야 할 테니."

"……."

베노하는 더 이상 말이 없었다.

CHAPTER **04**
전쟁

다음 날 새벽.

베노하와 정혜에게 작별인사도 없이 기지로 복귀했다.

사령실에 모여 있는 가드 마스터 대원들은 폭풍전야에 잔뜩 날이 서 있었다.

오늘은 메제르시엘이 전쟁을 선포한 날.

녀석들은 분명히 가드 마스터의 기지를 찾아올 것이다.

"유하님."

제로가 날 불렀다.

"네."

"유하님께서는 전쟁을 치루는 와중 적당한 때를 보아 도망치세요. 애초부터 전쟁에 가담하지 않는다면 메제르시엘에서 이상한 낌새를 채게 될지도 모르니까요."

"알겠어요."

대답을 하면서도 가슴이 아팠다.

하지만 내색하지 않았다.

내가 약한 모습을 보이면 죽음을 각오한 이들에게 실례가 아닌가.

"유하야, 괜찮니?"

어머니가 다가와 물었다.

"네, 괜찮아요."

"그래, 씩씩하니 멋지네. 우리 아들."

어머니가 포근한 미소로 날 안아주었다.

반면 아버지는 이유도 없이 내 뒤통수를 때렸다.

짝!

"…왜 때리시는지."

"때리고 싶게 생긴 뒤통수구나."

"그게 이유가 된다고 생각하십니까?"

"아비가 아들을 때리는 데 이유가 없으면 어떠냐? 이제 그만 안아주시오. 그 녀석 어린애 아니오."

"…네, 알아요."

어머니는 내게서 떨어져 아버지의 손을 잡고 사령실 밖으로 나가 버렸다.

아버지, 그렇게까지 티나게 정 떼려 들지 않아도 알아서 잘 마음 정리 하고 있습니다.

하여튼… 서툰 사람이다.

*　　　*　　　*

무거운 침묵만으로 가득했던 시간이 흘러가고 있다.

오후 세 시.

아직까지도 메제르시엘은 별 다른 움직임이 없었다.

다들 답답함에 지쳐 가고 있었다.

"더러운 녀석들, 끝까지 애태우는군."

"아마 늦은 밤이 되어서야 올 거예요."

맥클린의 말에 제로가 대답했다.

"끄응! 이거야 원. 기다리다 진 다 빠지겠군."

그 이후로는 또다시 사람들 사이에 오고가는 말이 없었다.

시간이 흘러 해가 떨어지고 땅거미가 내렸다.

자정을 넘어서 새벽이 다가올 무렵.

"온다!"

사령실의 개인 모니터를 바라보던 맥클린이 소리쳤다.

동시에 대형 스크린에 하늘을 날아오는 메제르시엘의 사람들이 나타났다.

　"기지를 향해 똑바로 오고 있어. 역시, 여기를 파악한 게 맞았어."

　제로가 자리에서 몸을 일으켰다.

　"전원, 작전대로 행동하세요. 손님을 맞이하도록 하죠."

　가드 마스터의 대원들은 아무런 대답 없이 제로와 함께 기지 밖으로 향했다.

＊　　　＊　　　＊

　가드 마스터의 전인원이 기지의 옥상으로 올라왔다.

　말이 옥상이지, 사실 지붕이나 다름없다.

　평평한 강철판이 넓게 쫙 깔려 있어서 흡사 대운동장을 방불케 한다.

　쉰 정도의 인원이 전쟁을 벌이기 위한 무대로는 적당했다.

　메제르시엘의 사람들이 하나둘 옥상에 발을 디뎠다.

　난 그들의 면면을 훑었다.

　아는 얼굴들은 전부 다섯.

　파천황 오하렌, 패왕 바르쳉, 사천왕 쇼타, 미치광이 같던 4서클 마법사 장철원, 입이 거칠고 시크한 6서클 마법사진. 그 외에 나머지는 다들 초면이다.

두 세력이 마주보고 대치하는 상황.

숨 막히는 정적과 압박감이 사위를 짓눌렀다.

메제르시엘에선 오하렌과 바르쳉이 앞으로 나섰다.

우리쪽에선 제로와 맥클린이 앞으로 나섰다.

"오래간만이구나, 제로"

오하렌이 말했다.

"오래간만이에요, 오하렌."

제로도 화답했다.

"어차피 이렇게 될 것을 그냥 얌전히 지내지 그랬느냐."

"그럴 수는 없었슙……"

"이제 연기는 그만해도 된다, 제로."

바르쳉이 제로의 말을 끊었다.

무슨 소리지? 연기를 그만하라니.

"그동안 반동분자들을 데리고 지난한 세월을 보내느라 수고 많았다."

대체 이게 무슨 소리야?

영문 모를 바르쳉의 얘기에 가드 마스터의 대원들은 혼란에 빠졌다.

모든이의 시선이 제로에게 향했다.

그때 제로가 서서히 고개를 숙였다.

"저는 바르쳉님의 명을 따르도록 만들어진 키메라 제로. 무슨 명이든 충심으로 받들겠습니다."

"그게 무슨 미친 소리냐!"

이도진이 소리쳤다.

"제로! 정신 차리게!"

맥클린이 제로의 몸을 잡고 흔들었다.

순간, 제로의 눈이 붉게 빛났다.

제로가 맥클린의 멱을 잡고 들어 올렸다.

"제, 제로……."

맥클린의 입에서 그의 이름 두 자가 흘러나왔다.

제로는 무감정한 얼굴로 주먹을 내질렀다.

퍼석!

"……!"

믿을 수 없는 광경이었다.

맥클린의 머리가 수박처럼 터져 나갔다.

제로의 주먹은 맥클린의 피와 뇌수를 뒤집어써 붉게 물들었다.

맥클린의 육중한 몸이 사시나무처럼 떨렸다.

멱을 쥐고 있던 제로의 손이 풀리자 맥클린의 몸이 그대로 바닥에 널브러졌다.

털썩.

"……."

다들 말이 없었다.

난 지금 이게 꿈이 아닌가 싶다.

하나같이 넋이 나가 멍해 있었다.

하지만 그 와중에 가장 먼저 현실을 직시하고 행동을 취하는 사람이 있었다.

그는 매서운 속도로 제로에게 다가가 주먹을 휘둘렀다.

하지만 제로는 그것을 가볍게 피한 뒤, 오른발로 그의 옆구리를 가격했다.

퍽!

"큭!"

제대로 일격을 허용한 그가 옆으로 날아가 바닥을 굴렀다.

콰당! 탕!

엉망진창으로 구겨져 버린 그는 바로… 아버지였다.

"강호! 괜찮은가!"

곽태성이 아버지에게 물었다.

아버지가 비틀거리며 일어서서 제로를 노려봤다.

어머니는 너무 놀라서 눈물을 글썽거릴 뿐, 벙어리처럼 아무 말도 꺼내지 못했다.

우리를 등지고 있던 제로는 이제 메제르시엘을 등지고 섰다.

그때 제로의 곁으로 오하렌과 바르쳉이 다가왔다.

"자네들에게 마지막 기회를 주겠네."

오하렌의 말이었다.

"내 밑으로 들어들 오게."

"미친 소리 작작하시지!"

엘린이 고함을 빽 질렀다.

"웅치! 메제르시엘 싫다! 안 간다!"

"파천황 자기~ 여기 있는 사람들 다 같은 마음일걸?"

섹시랭의 말에 사람들은 묵묵히 고개를 끄덕였다.

"그래? 이것 참… 안타깝군. 그럼 전부 헛된 죽음을 맞이하겠단 말인가?"

정말 쓸데없는 말들만 지껄이고 있군.

난 더 참을 수가 없어서 앞으로 나섰다.

그리고 제로에게 물었다.

"제로, 말해봐요. 언제부터 우리를 속여 왔던 거죠?"

제로의 시선이 내게 향했다.

"메제르시엘에서 사람들을 선동해 빠져나오던 그 순간부터였었나요?"

"맞아."

제로는 더 이상 내게 존대를 하지 않았다.

결국 처음부터 끝까지 저 자식은 날, 가드 마스터의 모든 사람들을 가식적으로 대하고 있었던 것이다.

오하렌이 씁쓸한 얼굴로 말했다.

"사실 이런 수단은 내게 어울리지 않아. 난 계속해서 마음이 불편했었어. 하지만… 어쩔 수 없었지."

그때 바르쳉이 입을 열었다.

"파천황께서는 마음이 너무 약하신 겁니다. 이렇게 하지 않았다면 메제르시엘 내부에 있던 반동분자들을 싹 쓸어내긴 힘들었을 겁니다."

그 말은… 애초부터 메제르시엘에 좋지 않은 마음을 품고 있던 사람들을 싹 골라내기 위해 제로를 앞세운 거란 말이야?

"반동분자들이란 현재 메제르시엘에 반하는 마음을 가진 자 뿐만을 말하는 게 아니다. 자신들이 몰랐던 메제르시엘의 비인간적, 비도덕적 행위들, 혹은 꾹 눌러 감춰오며 좋은 말로 포장시켰던 사사롭고 지저분하게까지 느껴지는 단체의 목표가 드러났을 경우에 마음이 흔들리는 자들 역시 반동분자들이다. 제로는 여기 있는 모두에게 메제르시엘의 키메라 연구의 실체에 대해 말했다. 그것에 반감을 보인 자들은 가드마스터가 되었고, 그렇지 않은 자들은 메제르시엘의 정예요원이 되었지."

"……!"

"……!"

"……!"

가드 마스터의 대원들이 엄청난 충격에 빠져 버렸다.

몇몇 사람들은 정신적 데미지를 견디지 못하고서 비틀거렸다.

"이거 점점… 개거지 같은 상황에 성질이 나는데요."

황지혁이 무서운 표정으로 쌍검을 쥐었다.

"저도 치미는 배신감에 더는 가만있지 못하겠습니다만."

방상진의 시계가 장창으로 변했다.

그들을 따라 다른 사람들도 모두 전투태세를 갖추었다.

지금 가드 마스터의 진영은 끓어오르는 분노와 배신감으로 가득 차 있었다.

"한 가지 묻겠어."

내가 말했다.

바르쳉이 미소를 머금고 날 바라봤다.

묻고 싶은 게 있으면 얼마든지 물어보라는 얼굴이었다.

"단순히 반동분자들을 색출해 처리할 생각이었다면, 왜 삼 년이라는 시간을 들인 거지? 제로가 네놈들의 *끄나풀*이었던 이상, 가드 마스터가 어디에 기지를 만들어서 숨어 있는지 전부 알고 있었을 텐데!"

그러자 바르쳉이 검지로 날 가리켰다.

이건 또 무슨 뜻이야?

"너."

"뭐?"

"너 때문이다."

"나… 때문이라니?"

"네 안의 또 다른 너를 성장시키기 위해서, 네가 메제르시엘과 깊게 엮이게 하기 위해서, 그로 인해 네 안에 분노가 자라나게 하기 위해서였다."

"너만 알아듣게 떠들지 말고, 쉽게 얘기해."

"결과적으로는 네 안에 절대악이라는 존재들을 심어주어, 그 존재들만 보면 분노가 치솟게 만들기 위해서였다고 해두지. 네가 분노해야 네 안에 있는 또 다른 인격이 성장하니까."

그 말을 듣는 순간 심장이 쿵! 하고 내려앉았다.

또 다른 인격.

그래… 근래 난 평소의 나라고 하기엔 무리가 있을 만큼 파괴적이고 폭력적인 인격에 사로잡혔던 적이 몇 번이나 있었다.

그 인격은 내가 타인을 구타할 때, 주로 눈을 뜬다.

그리고 내 안에서 끊임없이 외친다.

상대를 죽이라고.

갈기갈기 찢어 놓으라고.

숨을 끊어 버리라고!

그래야 즐겁지 않겠느냐고.

"분노를 먹어야 성장하는 또 다른 인격이 이미 충분히 성장했다. 해서 더 이상 너는 필요없다."

그때 오하렌이 이해 못할 표정으로 바르쳉을 바라보았다.

"그게 무슨 말인가?"

"아, 제가 말씀 드리지 않았었군요. 죄송합니다, 파천황님이시여."

"지금이라도 날 이해시켜야 할 거야."

"간단하게 설명해 드리지요. 설유하의 속에 있는 또 다른 인격의 정체는 바로… 마왕의 자식, 마태자(魔太子)입니다."

"마태자? 마왕의 자식이 유하의 안에 있다는 것이냐?"

"그렇습니다."

뭐?

내 안에… 마왕의 아들이 있다니?

"그러한 사실을 왜 지금껏 내게 말하지 않았지?"

"이제 알게 될 것입니다."

바르쳉의 손에서 일순 검은 기운이 흘러나와 날 덮쳤다.

사령력이었다.

동시에 내 안에서 무언가가 쑥 빠져나가는 게 느껴졌다.

"우욱!"

역한 기분과 함께 비틀거리며 뒤로 넘어졌다.

내 안에서 빠져나온 것은 붉은색의 빛 덩어리였다.

"아름다운 영혼이야."

바르쳉은 그것을 영혼이라고 불렀다.

붉은 영혼은 검은 기운이 이끄는 대로 움직이다가 제로의
몸속으로 스며들었다.

그러자 오하렌의 눈이 홉떠졌다.

"이게 무슨 짓이냐, 바르쳉! 제로의 육신은 내 것이 아니더
냐!"

"아니, 처음부터 제로의 육신은 마태자의 것이었어."

바르쳉이 갑작스레 오하렌을 하대하기 시작했다.

이건 뭘까.

내부분열인가?

바르쳉과 오하렌 사이에 묘한 기류가 흘렀다.

그러는 와중 마태자의 영혼을 받아들인 제로가 그 자리에
풀썩 쓰러졌다.

모두의 시선이 제로에게 몰렸다.

바르쳉은 그런 제로에게 나지막한 음성으로 명했다.

"내게 구속당한 마태자의 영혼이여, 난 네게 육신을 주었
으니 넌 평생 내게 복종해야 한다. 깨어나거라, 마태자여!"

그러자 쓰러졌던 제로… 아니, 마태자가 몸을 벌떡 일으

켰다.

"사령력으로… 마태자의 영혼을 지배했구나."

"든든한 충복을 손에 넣게 된 거지. 당신보다 훨씬 더 든든한 충복 말이야."

"바르쳉! 혀를 조심히 놀리거라!"

"아니, 그래야 할 사람은 당신이야, 오하렌."

"뭣이?"

바르쳉은 마태자를 힐끗 바라보았다.

동시에 마태자의 모습이 사라졌다.

그는 오하렌의 지척에서 나타나 그의 목을 틀어쥐었다.

하지만 오하렌은 시전어도 외치지 않고 블링크 마법을 시전해 마태자의 손에서 벗어났다.

오하렌이 허공에서 손을 휘두르자 찬란하게 빛나는 황금빛 지팡이가 나타났다.

"바르쳉, 역시 네 놈을 끝까지 안고 가는 게 아니었다."

"누가 누굴 안고 간다고 말하는 거지? 주위를 잘 둘러봐. 여기에 그대의 편은 단 한 명도 없어."

바르쳉의 말대로였다.

오하렌과 마태자가 대치하고 있는데도, 메제르시엘의 사람들은 오하렌을 도와주기는커녕, 강 건너 불구경 하듯 보고 있었다.

오하렌도 이를 눈치채고서 이를 빠득 갈았다.

"언제부터였냐."

"이곳으로 넘어와 메제르시엘을 만들기 전부터. 난 그대가 우리들을 끌고 갈 만한 인재는 못된다고 생각했어. 그리고 이런 내 의견에 사천왕들도 모두 동의했지."

"……."

"지금은 그 예전의 사천왕 중 한 명의 멤버가 교체되었지만… 크게 상관은 없었어. 쇼타 역시 자네가 아닌 내 손을 잡기로 했거든."

쇼타가 씩 웃으며 오하렌에게 고개를 까딱였다.

"대체 왜 이런 짓을 꾸민 것이냐."

"그대는 너무 정의로웠어. 정의라는 것에 사로잡힌 사람은 큰 야망을 품지 못해. 큰 야망을 품지 못하면 결국 큰일을 도모할 수 없게 되지. 그런데 말야… 그 정의라는 것이 참 웃겨. 사람들에겐 각자 자기만의 정의가 있어. 모든 이들이 도덕적으로 문제가 없다고 판단해 주는 가치만이 정의가 아니란 말이지. 하지만 자네가 부르짖는 정의는 참으로… 따라주기 힘들었지."

"고작 그게 이유란 말이냐?"

"고작이라니. 자네는 처음부터 끝까지 내 의견을 순순히 포용한 적이 없었네. 루시르 대륙에서 살아갈 때부터 그랬지.

자네와 함께하는 삶 자체가 우리에겐 고난이었어. 만약 루시르 대륙에서만 자네와 함께할 것이었다면 그것은 큰 문제가 되지 않았겠지. 하지만 지구로 넘어와서는 문제가 될 게 분명할 것이라 생각했어. 그래서 자네를 배척하기로 했네."

"믿을 수가 없군."

"자네의 정의는 너무 고리타분해. 세상 모든 사람들에게 공명정대하게 보여지길 원하지."

이 대목에서는 끼어들지 않을 수가 없었다.

"웃기고들 있군. 신천지교 본당에서 떠드는 내용을 들어보니 그렇지도 않은 것 같던데."

그러자 바르쳉이 픽 웃었다.

반면 오하렌의 얼굴은 심하게 구겨졌다.

바르쳉이 오하렌에게 비웃는 시선을 던지며 입을 열었다.

"그 연설을 하고 나서 어찌나 괴로움에 치를 떨든지. 어린애도 아니고 장장 열흘을 어르고 달랜 뒤에야 겨우 강당에 올라 연설하게 된 거지."

오하렌이 하얀 이를 잔뜩 드러내며 분노했다.

지팡이를 쥔 그의 손이 부들부들 떨렸다.

"바르쳉!"

오하렌의 입에서 일갈이 터졌다.

동시에 바르쳉의 머리 위로 번개가 떨어졌다.

하지만 바르쳉은 전혀 타격을 입지 않았다.

번개는 허공에 생긴 검은 막에 부딪혀 소멸했다.

그 검은 막은… 마기였다.

그리고 마기를 다루는 자는 마태자였다.

그런데 왜 내 안에… 마태자의 영혼이 있었던 거지?

바르쳉이 내 의문을 알아채기라도 한 듯 날 보고서 씩 웃었다.

"궁금증은 훼방꾼부터 없앤 뒤에 풀어주도록 하마."

바르쳉이 말을 마치는 순간 마태자가 오하렌에게 손을 뻗었다.

허공에서 갑자기 나타난 마기들이 오하렌의 전신을 휘감았다.

"크윽!"

오하렌은 아까처럼 블링크 마법을 시전하지 못한 채 몸을 이리저리 비틀며 괴로워했다.

"오하렌, 자네가 아무리 마법의 천재라 할지언정, 이미 많이 노쇠했네. 그런 연약한 육신과 흐트러져 버린 정신으로는 지금 막 부활한 마태자의 마기를 당할 수가 없네."

"네 이놈… 바르체에엥!"

"이제 그만 가보시게. 난 마태자와 함께 새로운 왕국을 세울 테니."

분노에 찬 오하렌이 악에 받친 고함을 질렀다.

하지만 그저 그뿐.

더 이상 아무런 마법도 시전하지 못했다.

마태자의 마기는 오하렌의 마법을 완벽하게 차단해 버리고 있었다.

마왕의 핏줄.

마왕의 자식.

그리고… 22년간 내 몸 안에서 기생하다 지금에서야 각성해 새로운 몸을 얻은 또 다른 인격.

마태자.

천하의 파천황을 어린아이 다루듯 무력화시켜 버리는 그의 힘은 실로 가공할 정도였다.

가드 마스터와 메제르시엘의 모든 사람들이 그런 마태자의 무서움에 치를 떨었다.

"크아아아아아악!"

비명을 지르는 오하렌의 눈이 뽑혔다.

뻥 뚫린 구멍에서 붉은 피가 활화산처럼 분출했다.

이어 그의 귀가 잘리고 혀가 뽑혔다.

얼굴에 나 있는 구멍이라는 구멍에서는 일제히 피가 철철 흘러 넘쳤다.

그 지경이 되자 오하렌은 더 이상 비명도 지르지 못했다.

마기는 오하렌의 사지를 끊어 버렸다.

머리와 몸뚱이만 남은 오하렌의 모습이 처절하기 그지없었다.

한 시대를 호령했고, 지구에서도 가드 마스터를 위협했던 메제르시엘의 무서운 수장이 너무나 맥없이 죽어가고 있었다.

피아를 떠나서 그 광경은 참으로 허무하게 다가왔다.

급기야 오하렌의 목이 잘리고 머리가 터져 나갔다.

몸뚱이는 허공에서 갈기갈기 찢겨 피와 편육이 되어 바닥으로 떨어져 내렸다.

"……."

다들 할 말을 잃었다.

바르쳉은 사나운 미소를 머금은 채, 한때는 오하렌의 육신을 이루고 있었던 고깃덩이들을 슥 훑었다.

그의 시선이 다시 가드 마스터의 진열로 향했다.

"너희는 지금 새로운 역사의 시작을 두 눈으로 직접 보고 있는 것이다. 영광으로 생각하거라."

그 오만방자한 말에 누구도 토를 달지 못했다.

지금의 바르쳉은 사신과 다름없었다.

마태자는 사신의 낫이었다.

마음만 먹으면 누구의 목숨도 취할 수 있는 절대적 존재.

그런 거대한 산 앞에서 가드 마스터 대원들의 전의는 전부 사라지고 말았다.

─아직 기회는 있어.

갑자기 록시의 의지가 머릿속에 전해졌다.

─뭐?

─차원이동 마법진.

─아!

그러고 보니 여태껏 차원이동 마법진의 존재를 잊고 있었다.

─차원이동 마법진이 발동되기 위해서는 네가 여기서 벗어나야 돼. 그러지 않으면 누구도 차원이동마법진을 발동시키려 들지 않을 거야.

차원이동 마법진을 발동시키는 방법은 간단하다.

시동어 하나만 외치면 된다.

그러면 마법진이 알아서 주변의 마나를 끌어 들여 마법이 시전된다.

─하지만 내가 도망칠 틈이 있을까?

─…만들어봐야지.

만들어 본다… 라.

…불가능하다.

마태자에게서 벗어난다는 건 지금으로서는 말도 안 되는

소리다.

도망치려는 낌새가 보이는 순간 당장 그의 마기에 갈가리 찢기고 말 것이다.

파천황 오하렌도 그렇게 죽지 않았던가.

—내가 마법진의 시동어를 외치겠어.

—유하!

—유하님!

록시와 프리린이 놀라서 소리쳤다.

하지만 아자린의 반응은 달랐다.

—유하의 판단이 옳아.

—무슨 소리 하는 거야, 아자린!

록시가 아자린을 씹어 죽일 듯 노려봤다.

—냉정하게 생각해 봐. 유하가 마태자에게서 도망칠 수 있을 것 같아? 가능성이 있다고 생각해?

—…….

—…….

록시와 아자린은 아무런 말도 하지 못했다.

—도망치다 아무것도 못하고 개죽음당할 바엔, 차라리 유하가 시동어를 외치는 게 나아. 그렇지 않으면 다른 사람들은 유하가 여기에 있는 이상 누구도 시동어를 입 밖에 내뱉지 않을 테니까.

─내 생각도 아자린과 같아. 록시, 프리린, 그렇게 할게. 그렇게 하게 해줘.

프리린은 어쩔 줄 몰라 하며 록시를 바라봤다.

록시는 한참 동안 말이 없다가 체념하듯 고개를 끄덕였다.

'그래. 이걸로 됐어.'

신천지교를 정리할 사람이 없다는 게 마음에 걸리긴 하지만, 그것은 지구에 살아가는 모든 사람들의 숙제로 남겨 놓아야 할 것 같았다.

어쩔 수 없다.

지금으로선 이것이 최선이다.

난 차원이동 마법진의 시동어를 외치려 했다.

그런데, 갑자기 마태자의 몸에서 실타래처럼 마구 솟구친 마기가 가드마스터의 기지 전체를 감쌌다.

이윽고.

서걱! 서걱서걱! 서거걱!

오싹한 소리와 함께 가드 마스터의 기지 전체가 조각조각 나 부서졌다.

그와 동시에 기지에 그려 놓았던 마법진도 사라져 버렸다.

바르쳉이 고개를 절레절레 저었다.

"안 되지. 안 돼."

"젠장!"

"내가 차원이동 마법진을 그려놨다는 걸 몰랐을 거라 생각했나? 제로가 내 끄나풀인데 모를 리가 없잖느냐!"

"추, 추락한다!"

"꺄아악! 나 마법사 아니란 말야!"

기지가 부서지자 기지에 영구적으로 시전된 공중부양마법이 사라졌다.

때문에 부서진 기지의 파편 위에 서 있는 가드 마스터와 메제르시엘의 사람들은 바닥으로 추락하기 시작했다.

"그레이트 플라이!"

난 플라이의 업그레이드판인 그레이트 플라이를 시전했다.

그레이트 플라이는 광역마법으로 수많은 대상에게 일시에 공중부양마법을 시전할 수 있게 해준다.

가드 마스터의 대원들은 전부 허공에 떠서 추락하지 않았다.

메제르시엘의 누군가도 나처럼 그레이트 플라이를 시전했는지, 다들 하늘에 떠 있었다.

"이제… 어떻게 되는 거지."

누군가의 입에서 절망적인 목소리가 흘러나왔다.

모든 것이 다 끝났다.

비장의 수단이었던 차원이동 마법진이 파괴되었다.

우리가 믿고 있던 건 그것밖에 없었다.

더 이상은 메제르시엘과 아니, 저 괴물 같은 마왕의 핏줄 마태자와 싸울 방법이 존재치 않는다.

바르쳉은 우리의 절망을 즐기는 얼굴이었다.

그가 내게 말했다.

"설유하, 많이 궁금하느냐? 어째서 마태자가 네 안에 잉태되어 있었는지."

"…네 짓이냐?"

"그럴 리가. 난 네게 아무것도 하지 않았다."

"그럼 대체 마태자가 왜 내 몸에……!"

"마태자는 이미 네가 루시르 대륙에서 황태자로 살아가던 시절부터 네 안에 기생하고 있었다."

"…뭐라고?"

"난 그것을 네 이번 생에서 꺼냈을 뿐이다."

머리가 어지러웠다.

CHAPTER **05**
꼭두각시 (1)

　전생의 기억 어디를 뒤져 보아도 내 안에 마태자가 봉인되었던 적은 없다.
　그런데 바르쳉은 마태자가 전생에서부터 내게 기생하고 있었다고 말한다.
　"헛소리하지 마."
　"헛소리라?"
　바르쳉이 마태자에게 눈짓을 했다.
　그러자 마태자가 한 손을 바르쳉에게, 다른 손을 내게 겨누었다.

순간 놈의 손에서 뻗어나온 검은 마기가 바르쳉의 머리와 내 머리를 감쌌다.

"유하!"

"이런!"

"아들아!"

아버지를 비롯한 가드 마스터의 대원들이 놀라 소리쳤다.

난 손에 오러를 실어 마기를 쳐내려 했다.

하지만 불가능했다.

내 몸은 단단한 쇠사슬에 꽁꽁 묶이기라도 한 듯 꼼짝하지 않았다.

'오하렌도 이렇게 당해 버린 건가?'

오하렌이 왜 힘 한 번 못 써보고 당했는지 알겠다.

머리를 통해 몸 구석구석까지 흘러 들어온 마기는 마나를 흩뜨려 놓고, 신경을 지배해 몸이 내 통제를 벗어나게 만들었다.

'젠장.'

혀가 굳어 말도 안 나온다.

한데 오하렌은 마태자에게 죽는 그 순간까지도 악을 쓰고 소리쳐 댔다.

적어도 입의 통제권은 자신이 가지고 있었다는 얘기다.

'괜히 영웅왕이 아니군.'

실소가 터졌나.

난 이 다급한 순간에서도 머릿속에선 엉뚱한 감탄이나 하고 있었다.

그때, 갑자기 머리가 지끈거리더니 시야가 검게 물들었다.

쿵쾅! 쿵쾅!

심장이 미친 듯이 뛰었다.

이윽고.

"…이건?"

내 앞에 내 것이 아닌 다른 누군가의 기억이 펼쳐지기 시작했다.

이건… 이것은 바르쳉의 기억이었다.

내 의식은 지금 그의 머릿속으로 들어가 기억을 읽고 있었다.

즉 마태자의 마기는 나와 바르쳉의 정신을 이어주는 역할을 했던 것이다.

그런데 바르쳉은 대체 내게 뭘 보여주려고 이런 짓을 하는 것일까.

의아해하는 내 앞에 오열하는 바르쳉의 모습이 보였다.

하지만 그 영상은 아주 잠시잠깐 펼쳐지다 사라지고 말았다.

바르쳉이 거부했다.

내가 그 기억을 보는 것을 원치 않아 했다.

그러한 의지가 정확히 전해졌다.

대신 다른 영상이 나타났다.

영웅왕 오하렌과 바르쳉, 그리고 다섯 영웅을 필두로 뭉친 인간들이 마왕의 군단과 싸우는 모습이었다.

*   *   *

인마전쟁 발발 이후, 처음에는 마왕군단이 전쟁의 승기를 잡는 듯했다.

하지만 영웅왕 오하렌 일행이 참전한 이후, 판도는 완전히 뒤집어졌다.

오하렌은 이보다 더 빨리 전쟁에 참여하려 했다.

그러나 시간이 오래 걸렸던 것은 자신과 뜻을 함께할 동료를 모으기 위해서였다.

오하렌은 처음부터 정의감에 불타올라 인간들을 위해 자신을 희생하자는 마음이었다.

그러나 오하렌 외에 다른 영웅들은 굳이 전쟁에 참여해야 할 필요가 있느냐는 반응이었다.

그들은 이미 사람들에게 질려 있었다.

당시, 대륙에서 내로라하는 강자들은 오래전부터 사람들

에게 이용당하기 일쑤였다.

야망에 찌든 귀족들은 앞에서는 그들의 강함을 칭송하며 연신 고개를 숙였지만 뒤에서는 그들의 힘을 어떻게든 이용해서 스스로의 입지를 높일 생각만 하고 있었다.

처음에 강자들은 그런 줄도 모르고 순진하게 그들과 어울렸었다.

하지만 시간이 흐를수록 자신이 원하는 것을 손에 넣게 된 귀족들은 강자들의 존재를 눈엣가시처럼 여겼다.

이미 막대한 부와 권력을 거머쥐었고 천상천하 유아독존인 상황인데 뒤를 봐주었던 강자에게 계속해서 고개를 숙이는 것이 못마땅했던 것이다.

아울러 그들의 강함을 겁내했다.

혹여라도 그들이 검을 거꾸로 쥐고 쿠데타를 일으키는 것은 아닐까? 싶었던 것이다.

뭐 눈엔 뭐만 보인다는 것이 딱 야망에 눈이 먼 귀족들을 두고 하는 말이었다.

결국 귀족을 도와준 강자들 대부분이 이상한 상황에 처해 오해를 받거나 피치 못할 입장에 놓여 스스로 모든 것을 버리고 떠나야 하는 지경이 되었다.

모든 것이 강자를 질시하고 두려워한 귀족들의 중상모략으로 벌어진 일이다.

오하렌이 끌어모은 영웅들은 그런 식으로 인간들에게 실망한 자들이었다.

물론 그렇지 않은 사람들도 있었다.

무예 쪽이 아닌, 마나를 이용하는 방향으로 실력을 키워 강자의 반열에 들어선 이들은 머리가 하나같이 비상했다.

특히 마법사들은 개중에서도 가장 똑똑했다.

이런 자들은 귀족에게 이용당하기는커녕, 자신이 귀족들을 이용해 버린다.

바로 대마법사 그란돌이 그러했다.

그란돌은 유려한 처세술과 영리한 머리로 자신을 견제하는 귀족들을 전부 쳐내 버리고 황실마법단장의 자리에 오르게 되었다.

그는 다른 영웅들과 달리 하루하루를 호의호식하며 남부럽지 않게 지냈다.

하지만 그의 가슴속에서 자라나는 욕심은 황실마법단장에서 그치지 않았다.

그란돌은 왕국 전체를 손아귀에 넣고 싶어 했다.

한데 그란돌이 수작을 부리기도 전에, 인마전쟁이 터져 버린 것이다.

아직 세상에서 손에 넣고 싶은 것이 많은 그란돌은 망설임 없이 전쟁에 참여했다.

하지만 마왕 군단은 강했다.

인간들은 형편없이 밀렸다.

그러는 와중, 다른 영웅들을 설득한 오하렌이 전쟁에 참여했다.

이에 전쟁의 판도는 백팔십도 뒤집어졌다.

마왕군단은 계속해서 밀리기 시작했다.

결국 마왕은 다시 한 번 승기를 잡기 위해 황비를 납치할 계획을 세운다.

마왕의 은밀한 계획은 완벽하게 먹혀들었고, 황비는 마왕의 손아귀에 넘어가게 된다.

황제는 통탄에 빠지고 말았다.

하지만 루시르 대륙의 최고 권력을 쥐고 있는 황제는 녹록한 사람이 아니었다.

강단 역시 남달랐다.

그는 황비가 마왕의 손에 죽는 한이 있더라도 전쟁을 승리로 이끄는 쪽을 선택했다.

한데 마왕은 무슨 이유에서인지 전쟁에서 패해 마계로 돌아가는 그 순간까지도 황비를 죽이지 않았다.

결국 인마전쟁은 인간의 승리로 끝이 났다.

황태자와 황비 사이에서는 건강한 아들이 태어났다.

그렇게 평화로운 날들이 찾아오는 것 같았다.

　　　　*　　　*　　　*

　바르쳉은 갓 태어난 황태자를 보는 순간 알 수 있었다.

　황태자의 몸 안엔 마왕의 피가 흐르고 있었다.

　마왕은 황비를 납치했을 때, 그녀를 수차례나 강간했다.

　그녀의 뱃속에 자신의 씨앗을 뿌리기 위해서였다.

　사실 마왕은 두 가지 생각을 했다.

　하나는 황비를 볼모로 삼았을 때, 황제의 마음이 약해져 전쟁에서 승리를 거머쥐게 되는 경우다.

　또 다른 하나는 전쟁에서 패하게 되었을 때, 자신의 씨앗을 인간 세상에 태어나도록 하는 것이었다.

　만약 평민이나 귀족가의 여인에게서 마왕의 피가 흐르는 자식이 태어난다면, 그래서 이를 누가 알아챈다면 그 자리에서 참수를 당할지도 모르는 일이다.

　하지만 황태자는 다르다.

　그 누구도 황태자를 함부로 다룰 수는 없는 법.

　때문에 마왕은 황비의 뱃속에 자신의 핏줄을 잉태시켰다.

　그리고 마왕의 핏줄이 태어났다.

　황제와 황비는 자신들의 아이가 마왕의 핏줄임을 대번에 알 수 있었다.

마왕에게 납치당했다가 돌아온 황비는 정신적으로 매우 불안정한 상태였다.

때문에 황제는 늘 황비의 심신을 안정시켜주기 위해 최선을 다했다.

두 사람이 부부관계를 가질 만한 여유는 없었던 것이다.

그럼에도 황비의 배는 불러왔고, 작고 연약한 새 생명이 세상의 빛을 보았다.

황제의 아이는 아니지만, 황비의 뱃속에서 자라고 나온 아이.

황제는 차마 그 아이를 내칠 수 없었다.

무엇보다 황비가 아이에게 지극한 모성애를 보내고 있었다.

결국 황제는 아이를 키우기로 했다.

아이의 이름도 지어주었다.

라이아스 알자임.

황제의 성을 물려받은 마왕의 아이는 인간과 별 다를 것 없이 자라나는 것 같았다.

하지만 그 몸속에 들어 있는 마왕의 피가 언제 각성할지 몰랐다.

이를 두려워한 황제는 라이아스에게 아무것도 가르치지 않았다.

검술도, 마법도, 지식도.

결국 제대로 된 교육을 받지 못하고 자란 라이아스는 제대로 된 황태자의 역할을 할 수 없었다.

더불어 자신에게 아무것도 가르쳐 주지 않는 황제가 자신을 미워하는 것이라 생각하고 성정도 점점 비뚤어져 갔다.

결국 무용지물 황태자라는 소리까지 들어가며 엉망으로 성장하기에 이른다.

그 무렵, 바르쳉은 무엇인가에 열중하는 중이었다.

그것은 오래전부터 바르쳉이 연구해 왔던 금기의 사령술, 죽은 이를 완벽하게 되살리는 주술, 레저렉션에 관한 것이었다.

사실 사령술사가 죽은 이를 되살리는 건 어려운 일이 아니다.

그들이 다루는 언데드 몬스터가 다 그런 식이니까.

하지만 언데드 몬스터가 아닌 죽기 전의 모습 그대로, 사람인 채로 누군가를 부활시키는 것은 절대적 금기였다.

게다가 이 주술을 시행시키기에는 수천만에 달하는 사람의 목숨이 제물로 필요했다.

하지만 바르쳉은 그만한 제물을 모을 재간이 없었다.

재간이 있다 한들, 바르쳉이 이 일을 시도하려 하는 순간 그를 막으려 드는 세력이 우후죽순 일어날 것이다.

결국 레저렉션이 성공하기도 전에 바르쳉 본인이 먼저 급살당할지도 모르는 일이다.

바르쳉이 살리려 하는 사람.

그 사람은 인마대전 와중 유일하게 죽음을 맞이한 영웅이었으며 바르쳉의 연인이었던 플로라였다.

플로라는 바르쳉의 모든 것이었다.

바르쳉은 자신보다 플로라를 더 아꼈고, 사랑했다.

하지만 그녀는 죽었다.

동시에 바르쳉은 숨 막히는 상실감에 빠져 버렸다.

아무것도 손에 잡히지 않았고, 그 무엇에도 눈이 가지 않았다.

"오하렌… 빌어먹을!"

전쟁이 끝난 이후 그는 매일 술에 절어 오하렌을 저주했다.

오하렌이 자신을 찾아오지만 않았다면.

인마전쟁에 참여하자며 부추기지 않았다면!

그랬다면 지금도 자신은 플로라와 행복한 나날을 보내고 있었을 것이다.

물론 마왕을 무찌른 데는 플로라의 희생이 커다란 역할을 했다.

그녀가 목숨을 던져 마왕을 공격하며 빈틈을 이끌어냈고, 그사이에 다른 영웅들이 마왕에게 치명적인 공격을 가했다.

그에 마왕은 커다란 피해를 입었지만, 그 대가로 마왕의 시선을 끌던 플로라는 죽음을 맞이해야 했다.

때문에 플로라와 바르쳉이 전쟁에 참여하지 않았다고 가정할 경우, 인마대전은 결국 마왕군단의 승리로 끝났을지도 모를 일이다.

그러다 마왕의 지배하에 놓인 세상에서 바르쳉과 플로라도 언젠가는 죽임을 당할 것이다.

하지만 차라리 그게 나았다.

플로라와 함께 숨이 끊어진다면 축복이다.

그녀가 없는 세상에서 혼자 산다는 건 지옥이었다.

그렇다고 스스로 목숨을 끊는 짓 따위는 용납되지 않았다.

매일을 괴로워하던 바르쳉은 결국 금기에 눈을 돌린다.

사람을 부활시키는 주술 레저렉션!

하나, 현 루시르 대륙에서 레저렉션을 시전하기엔 무리가 따랐다.

아까도 열거했다시피, 첫째로 바르쳉에겐 그 수많은 사람의 목숨을 제물로 바칠 재간이 없고, 둘째로 바르쳉의 생각을 누군가 알게 되면 당장 이를 막으려 들 것이기 때문이다.

멀리 볼 것도 없이 당장 오하렌만 해도 그렇다.

저 정의감에 미쳐 버린 인간은 필시 자신을 막을 게 분명했다.

오하렌은 검과 마법에 극의를 본 인간이었다.

육체적 능력도 최상이고 머리까지 좋다.

하지만 보통 저토록 능력 많은 인간치고 아둔하게 정의로운 이는 거의 없다.

그럼에도 오하렌은 정의로웠다.

그 정의라는 것이 몇 번이나 바르첸의 숨통을 막히게 만들었다.

해서, 어느 순간부터 그와는 연락을 끊고 살았었다.

그런데 인마대전이 이는 순간 자신을 다시 찾아와 전쟁에 가담을 부탁했다.

바르첸은 한사코 거절했지만, 플로라가 어차피 이건 인간과 마왕의 싸움이니 우리도 참여해야 할 의무가 있다고 말해 참전하게 되었다.

결과적으로 플로라는 죽었다.

오하렌의 그 답답한 정의감이 바르첸의 가장 소중한 것까지 빼앗아가 버린 것이다.

그토록 정의를 찾을 거라면 혼자 찾아갈 일이지, 왜 주변 사람들까지 다 휘둘리게 만드는 것인지….

그런 생각이 깊어질수록 오하렌에 대한 원망이 더더욱 커져만 갔다.

바르첸은 매일같이 플로라를 되살릴 수 있는 방법만을 찾아다녔다.

자신이 실행하기 어려운 금기 외에 다른 수단이 또 있을까? 하는 희망에서였다.

처음엔 사람들에게 방법을 물었고, 다음엔 고서들을 뒤적였다.

그래도 성과는 없었다.

바르쳉은 마지막으로 혼령들에게 방법을 물었다.

그러던 와중 한 혼령으로부터 눈이 번쩍 뜨이는 얘기를 듣게 된다.

"여기와는 또 다른 세상이 존재해."

"뭐라고?"

바르쳉은 믿을 수 없다는 듯 되물었다.

그러자 영혼이 다시 대답했다.

"또 다른 세상이 존재한다고."

"그게… 어디지?"

"또 다른 우주. 이곳과는 다른 세상. 다른 차원이야."

이야기를 듣다 보니 뭔가 신비스럽긴 했지만, 믿음이 가지를 않았다.

생각해 보면 영혼이 거짓말을 하지 말란 법도 없었다.

"헛소리하지 마라."

"헛소리 아니야."

"내가 어떻게 네 말을 믿지?"

"믿지 않아도 돼."

영혼은 바르쳉을 크게 설득시킬 생각이 없어 보였다.

그러자 다급해진 건 바르쳉이었다.

지금 그는 지푸라기라도 잡고 싶은 심정이었다.

그럼에도 영혼의 말을 믿지 못하겠기에, 자신이 충분히 납득할 수 있을 만한 설명을 바란건대, 영혼은 그냥 대화를 끝내려 하고 있었다.

"믿을 테니, 말해봐. 다른 세상이 있다는 걸 어떻게 증명할 수 있단 말이야?"

"증명할 수 없어. 난 내가 아는 것만을 말해줄 수 있어."

"그럼 아는 걸 말해봐."

"사람들은 사고가 나서 죽거나 병에 걸려 죽거나 아니면 육신이 노쇠해져서 죽어."

"그렇겠지."

"전쟁으로 죽어 나가는 사람들도 많고. 몬스터의 먹이가 되는 사람도 많아."

"당연한 소리를……."

바르쳉은 점점 짜증이 났다.

이 영혼이 대체 지금 뭘 하자는 건지 알 수가 없었다.

"그런데 말이야."

바르쳉의 인내심이 한계에 다다랐을 무렵, 영혼은 드디어
본론을 꺼내 들었다.

"자살을 하는 사람들도 있어."

"그래서?"

"자살이 아닌 다른 방법으로 죽은 사람들의 영혼은 보통
이 세상에서 다시 태어나. 즉 환생을 한단 말이야."

"환생……."

환생에 대한 이야기는 이미 다른 영혼들에게 들어 알고 있
었다.

바르쳉은 어렸을 적부터 사령술에 남다른 재주를 보였다.

그런 그인만큼 영혼들에게 이런저런 많은 얘기를 들어온
터였다.

당연히 환생에 대한 이야기들도 귀에 들려올 수밖에 없었
다.

영혼은 계속 말을 이었다.

"응. 그런데 자살해서 죽어버린 영혼은 이 세상에서 환생
할 수가 없어."

"무엇 때문이지?"

"이 세상에서 환생해 봤자 여전히 버티지 못할 것이라고
판단하는 거야."

"판단을 해? 누가?"

"이 세상의 신이."

"……."

놀라운 얘기였다.

자살을 해버린 혼령들은 이 세상에서 환생할 수 없게 만들
어 버리다니.

한데, 여태껏 다른 영혼들은 왜 자신에게 이런 이야기를 들
려주지 않았단 말인가? 그런 의문이 드는 바르쳉이었다.

바르쳉이 그런 생각을 하자마자 영혼에게서 대답이 들려
왔다.

"다들 자신의 전생을 기억하지 못하니까. 그런데 나는 기
억해. 전부 다."

"어떻게 그게 가능하지?"

"가끔 나 같은 타입이 있어. 돌연변이 같은 영혼인 거야.
난 수천억 분의 일의 확률로 탄생한 기이한 영혼이야."

수천억 분의 일이 확률이라니.

어마어마하게 적은 확률이라서 기이한 영혼이 얼마나 생
겨나기 힘든 건지 도통 감이 오지 않았다.

바르쳉이 고심하던 말든 기이한 영혼은 계속 자기 할 말을
떠벌렸다.

"이곳과 다른 또 다른 세상은 마법이 존재치 않아."

"마법이… 없다고?"

"응. 대신 기계문명이 발달해 있어. 기계문명은 사람들을 편하게 해줘. 몸을 덜 움직이게 만들어주지. 그 때문에 그 세상의 사람들은 루시르 대륙의 사람들보다 체력적으로 엄청 약해. 다 큰 성인 남자의 힘이 여기서 살아가는 열두 살 소년의 힘 정도밖에 안 돼."

"마법이 없는… 약한 인간들이 사는 세상이라고?"

"응."

"확실한가?"

"내가 그 세상에서 살다가 자살했으니까 확실해."

"……!"

"그리고 이 세상에서도 자살한 적이 있어. 그렇게 몇 번 여기저기를 옮겨 다니면서 환생을 했어."

"그래… 그렇단 말이지?"

"그곳은 지구야."

기이한 영혼과의 대화로 바르쳉은 플로라를 살리기 위한 또 다른 방법을 그릴 수 있게 되었다.

CHAPTER **06**
꼭두각시 (2)

유하는 계속해서 바르쳉의 기억을 읽었다.

오랜 시간이 지나간 것처럼 느껴졌지만, 기실 지난 시간은
채 수 초도 되지 않았다.

유하의 앞에 다음 이야기들이 펼쳐졌다.

바르쳉은 마법이 없고 연약한 사람들이 사는 세상, 지구로
갈 수 있는 방법이 없을까 고민하기 시작했다.

그곳에만 갈 수 있다면, 충분히 레저렉션의 주술을 사용할
수 있을 것 같았다.

"하지만 대체 어떻게 차원을 넘는단 말이야?"

차원이동 마법이라는 것이 존재한다는 걸 바르첸은 알고 있었다.

하지만 그는 마법사가 아니라 사령술사다.

무언가 방법이 없을까 고민하면서 시간을 보내던 어느 날, 실마리는 우연찮은 곳에서 나타나게 됐다.

황제는 근래 그란돌을 좋지 않은 시선으로 보고 있었다.

그의 마음속에 자리한 야심을 본능적으로 느낀 모양이었다.

이에 황제는 은밀히 바르첸에게 접촉해 왔다.

부름을 받고 입궐한 바르첸에게, 황제는 물었다.

지옥의 마물 중 꿈을 보는 악령을 소환해 그란돌의 속내를 알아봐 줄 수 있겠느냐고.

바르첸은 그러겠다 하고서 그란돌의 꿈속으로 악령을 들여보내 그의 속을 관찰한다.

그리고 알게 된다.

그란돌이 어떠한 마음을 품고 있는지를.

'제국을 먹으려 하고 있어.'

그란돌은 황제의 자리를 노리고 있었다.

바르첸은 이것을 황제에게 알리려다가 생각을 바꿨다.

어쩌면 그에게 절호의 찬스가 올지도 몰랐다.

그는 황제에게 거짓 보고를 올렸다.

그란돌은 예나 지금이나 여전히 황제 폐하께 충성을 다하고 있다고.

황제는 바르쳉의 말을 믿고서 그란돌에 대한 의심을 거두어들인다.

이후부터 바르쳉의 계획이 본격적으로 시작된다.

그는 그란돌에게 그의 내심을 꿰뚫어 봤음을 알린다.

"내 내심이라니?"

그란돌은 대수롭잖게 바르쳉의 말을 넘기려 했다.

하지만 다음에 이어진 바르쳉의 한마디는 그렇게 상황을 정리할 수 없도록 만들었다.

"황제의 자리에 앉기엔… 널 막겠다고 달려들 인간들이 너무 많지 않아?"

"…재미있는 얘기군."

그란돌은 놀라는 기색도 없이 바르쳉을 똑바로 바라봤다.

"그 얘기를 황제 폐하가 아닌 나한테 먼저 한다는 건… 뭔가 거래할 것이 있다는 얘기군."

"역시 마법사들은 머리가 잘 돌아가서 좋아."

"말해봐."

"네가 황제의 자리를 찬탈하려 들면 분명히 오하렌이 들고 일어나겠지. 인마대전이 벌어졌을 때처럼, 다른 영웅들을 선동해서 널 잡으려 들 거야."

"불 보듯 뻔하지."

"그래서 말인데… 혹시 여기 말고 다른 세상이 존재한다는 걸 알고 있나?"

"마법사들은 모두 그렇게 믿고 있지. 차원이동 마법 이론설이 괜히 존재하는 줄 아나?"

"그래. 그렇지. 하지만 난 다른 세상이 있을 거라는 가설 따위 손톱만큼도 믿지 않았었어. 그런데……."

바르쳉은 자신이 기이한 영혼에게서 들었던 이야기들을 전부 풀어놓았다.

그것을 든 그란돌의 눈동자에 이채가 어렸다.

"그렇다면 차원이동 마법에 관한 이론과 고증들이 전부 신빙성이 있다는 얘기군."

"자네는 믿고 있다 하지 않았나?"

"믿는다는 건 확신이 없을 때, 희망을 움켜쥐고 놓지 않겠다는 말과 같아. 지금은 확신이 섰어. 믿음과 확신은 그만큼 다른 것이다 이 말이야."

"그렇군."

"해서 뭘 하고 싶은 거지?"

"나를 포함한 오하렌과 다른 영웅들을 다른 차원으로 보내버린다고 생각해 보지. …그럼 여기서는 누가 이득을 볼까?"

"하, 하하하하하."

그란돌이 건조한 웃음을 흘렸다.

"말이 된다고 생각해? 오하렌과 영웅들을 다른 차원으로 보내겠다고? 아직 차원이동 마법진도 완성되지 않았는데?"

"그란돌의 실력이라면 충분할 거라고 생각하는데."

"설령 차원이동 마법진을 완성한다고 한들 오하렌과 다른 이들이 순순히 차원이동을 하려 할 것 같나?"

"그러도록 만들어야지."

"무슨 수로? 예전의 오하렌이었다면 일이 쉬웠겠지. 정의만 부르짖는 멍청이니까. 하지만 지금은 달라. 자네한테는 아픈 얘기겠지만, 플로라가 죽은 후로 변해 버렸어. 그녀의 죽음이 자신의 탓이라고 생각하면서 더 이상 세상의 어떤 일에도 엮이지 않기를 바라고 있어. 그 어쭙잖은 정의감에 깊은 상처를 입은 거지. 그런 부류의 인간일수록 상처가 쉽게 낫지 않아."

"나도 알고 있어."

"그런데 어떻게 오하렌을 움직이겠다는 거야? 다른 영웅들은?"

"지금 우리 중에서 평민들에게 가장 좋은 이미지를 만들어 놓은 건 자네야, 그란돌."

그란돌이 피식 웃었다.

"그래서?"

"자네가 민심을 흔들어 놓게."

"빙빙 돌리지 말고 방법을 얘기해."

"마왕을 부활시켰던 흑마법사들이 다른 차원으로 넘어가 또다시 마왕의 부활을 꾀하고 있다는 소문을 퍼뜨리는 거야."

"제정신인가? 아무런 근거도 없이 그런 소문을 퍼뜨렸다간 오히려 내 쪽이 물먹게 돼."

"당연히 근거가 없어서는 안 되지."

바르쳉이 열 손가락을 폈다.

"십 년."

"뭐?"

"앞으로 십 년 안에 차원이동마법진을 만들어."

"지금… 성공할 수 있을지, 없을지도 모를 네 계획 하나만을 믿고서 내게 십 년을 투자하라 말하는 건가?"

"십 년을 투자하고 모든 것을 손에 넣을지, 계속 이렇게 망설이다 평생을 살지는 자네의 선택이겠지."

바르쳉이 그란돌을 도발했다.

그란돌의 고민은 오래가지 않았다.

"십 년 내에 차원이동 마법진을 완성한다면? 그다음은 어쩔 셈이지?"

"아직 이 땅에 숨어 사는 흑마법사들이 제법 많이 있다. 그들과 접촉해."

"그래서… 차원이동 마법진의 공식을 가르쳐준다?"

"역시 똑똑하군."

바르쳉이 키득거리며 웃었다.

그 모습을 지켜보던 그란돌도 함께 웃었다.

"흑마법사놈들은 현재 대륙공적으로 선포되어 어디에서도 볕을 보고 살 수 없는 상황이야."

"때문에 차원이동 마법진의 공식을 가르쳐 주면 두 번 생각 안 하고 그것을 시전하려 들 것이다?"

"그렇다네."

"그럴 듯하군."

"흑마법사들이 다른 차원으로 넘어간 다음엔, 내가 말한 대로 이 이야기를 전 대륙에 퍼뜨리는 거지."

"흑마법사들이 다른 세상에서 마왕을 부활시켜 다시 루시르 대륙을 침략하게 될 것이다, 정도면 재미있겠군."

"바로 그거야."

그란돌의 말에 바르쳉이 맞장구를 치며 좋아했다.

"그렇게 되면 민심은 당연히 영웅들을 원하게 되겠지."

"당연한 수순."

"그때 그란돌, 자네가 오하렌에게 접촉해서 다른 차원으로 넘어가 흑마법사들을 처리하라 말하게."

"민심이 그들을 원하니 오하렌의 꺼져 가던 정의감에 다시 불이 붙게 된다?"

"그렇지. 아마 그는 동료들까지 선동해서 저 먼 세상… 지구라는 곳으로 넘어가게 될 걸세."

"흑마법사들을 정리하면 다시 돌아오게 해준다는 거짓말도 빼놓지 말아야겠군."

"그거 괜찮은 생각이야. 기간은… 3년? 아니, 5년. 그래, 5년이 좋겠어."

"지구에 도착한 뒤, 5년 후에 다시 차원이동 마법진을 구동시켜 주겠다고 하는 거지. 물론… 마법진이 열릴 일은 없겠지만."

"자네의 연기가 벌써부터 기대되는군."

바르쳉이 박수까지 쳐가며 좋아했다.

그런 바르쳉을 지그시 바라보던 그란돌이 고개를 갸웃거렸다.

"한데……."

"뭐가 궁금한가?"

"자네는 왜 다른 차원으로 넘어가려 하는 건가?"

"…꼭 되찾아야 하는 게 있기 때문이지."

"뭔지는 대충 알겠군. 자네가 뭘 생각하는 건지도."

"아, 한 가지 부탁할 게 있어."

"뭐지?"

"내가 떠나고 나면 황태자, 그 아이를 죽고 싶어질 만큼 괴롭혀주게."

"죽고 싶어질 만큼? 자살을 유도하라는 말인가?"

"맞아."

"왜 그래야 하지?"

"이유는 묻지 말고, 반드시 그리해 줘야 하네. 스스로 목숨을 끊도록 처절하게 비참한 생활을 영위하게 만들란 말일세."

그란돌은 바르쳉이 왜 황태자의 자살에 집착하는 지 알 수가 없었다.

사실 이유는 간단했다.

바르쳉은 라이아스 알자임이 자살한 다음, 지구에서 환생하기를 바랐던 것이다.

이곳에서 지켜보아온 바, 라이아스의 몸에 흐르는 마왕의 피는 각성이 더디다. 그리고 마기는 강하지만, 영혼은 연약하다.

여기엔 두 가지 이유가 있었다.

첫째 사람인 황제와 황비 사이에서 자랐기에 그러했다.

둘째, 마기만큼 영혼도 강해지기 위해서는 마계에서 자라야 하기 때문이다.

바르쳉은 라이아스가 자살을 해 지구에서 환생하게 된다면 마왕의 핏줄인 마태자를 이용할 생각이었다.

아무리 마태자라고 해도 지구에서 환생하면 연약한 인간의 육신을 갖게 된다.

때문에 지구로 한발 먼저 가서 마왕의 혼을 받아들일 수 있는 최강의 육신을 만들 생각이었다.

그것이 바로 키메라 연구의 시초였다.

"그리하지."

그란돌이 바르쳉의 부탁을 받아들였다.

"한 가지 부탁이 더 있네."

"대체 내게 짐을 얼마나 지어줄 생각이지?"

"이건 자네에게도 꼭 필요한 일이야."

"말해봐."

"지금 신흥 강자로 추앙받고 있는 세 명의 여인, 록시, 아자린, 프리린. 이 셋도 차원이동을 시키는 게 좋을 거야. 싹수가 보여. 분명히 나중이 되면 자네의 걸림돌이 될 거라 이 말일세."

"하지만 그들을 다른 차원으로 보낼 명분이 없잖은가?"

"우선은 나와 오하렌 일행이 먼저 지구로 넘어가겠네. 그리고 오 년이 지난 후, 먼저 떠난 오하렌 일행이 돌아오지를 않는다는 핑계로 세 여인을 차원이동시키게."

"그럼 자네들이 위험해 지는 거 아닌가?"

"그럴 일은 없을 걸세."

"어떻게 자신하지?"

"그녀들을 우리가 떨어진 곳과 똑같은 위치에 떨어뜨려 주기만 하면 돼. 그럼 지구 땅에 발을 밟자마자 육신이 사라지는 기이한 체험을 하게 될 테니까."

"그녀들이 차원이동을 하게 되는 위치에 트랩을 설치해 놓겠다 그거군."

"비슷하네."

"건투를 빌지."

바르쳉이 그란돌에게 손을 내밀었다.

그란돌은 말없이 그 손을 맞잡았다.

그렇게 바르쳉과 그란돌의 거래는 이루어졌다.

*   *   *

9년 후.

그란돌은 차원이동 마법진을 완성하기에 이른다.

그리고 숨어 살고 있는 흑마법사들에게 차원이동 마법진의 공식을 가르쳐 준다.

흑마법사들은 당장 차원이동 마법진을 만들어 지구로 넘

어가 버린다.

이에 그란돌은 애초에 계획했던 대로 흑마법사들이 다른 차원으로 넘어가 마왕을 부활시켜 다시 돌아오려 한다는 헛소문을 퍼뜨렸다.

삽시간에 이 소문은 전 대륙으로 퍼져나갔다.

사람들은 두려움에 떨었다.

그들은 계속해서 이 사단을 막아줄 영웅을 찾았다.

자신들을 위해 그 한 목숨 기꺼이 희생해 줄 수 있는 정의로운 영웅을 말이다.

하지만 오하렌은 이미 지쳐 있었다.

자신의 정의감에 크나큰 상처를 입었다.

다른 영웅들도 마찬가지였다.

아니, 그들은 오하렌보다 더 오래전에 지쳐 있었다.

오하렌은 귀를 닫고 살았다.

그 어떤 일에도 엮이지 않으려고 애썼다.

그렇게 1년 하고도 6개월을 살았다.

그럴수록 사람들은 더욱 간절히 영웅들을 원했다.

나중엔 모습을 보이지 않는 오하렌과 다른 영웅들을 비난하는 목소리까지 들려왔다.

그렇게 다시 반년이 지나고, 드디어 바르쳉이 나섰다.

그는 좌절과 염증에 지쳐 있는 오하렌에게 다가갔다.

"오하렌."

"바르쳉. 난 자네의 얼굴을 볼 면목이 없네. 자네의 말이 맞았어. 아니, 자네뿐만이 아니라 모두가 그렇게 얘기했지. 더 이상 이 역겨운 인간들의 일에 신경 쓰지 말자고. 결국 또 이용만 당할 뿐이라고. 하지만 난 나의 정의감을 자네들에게까지 강요해서 이런 사단을 일으켰네."

"오하렌, 내 말을 들어봐."

"더 들을 것도 없어. 난… 가지 않을 거야. 평생을 내 집 방구석에 눌어붙어 곰팡이처럼 지내다가 썩어 없어질 셈이야."

"…플로라의 일은 더 이상 신경 쓰지 않았으면 해. 이건 내 진심이야."

오하렌이 놀란 눈으로 바르쳉을 바라봤다.

"바르쳉 그게 지금 무슨……?"

"말 그대로네."

바르쳉이 오하렌의 어깨에 손을 올렸다.

"그동안 자네는 충분히 힘들어 했어. 그걸 나도 봤고, 다른 이들도 봤지. 하지만 이건 자네답지 못해. 오하렌… 일어나게. 자네의 정의 때문에 다른 이가 피해를 봤다면, 그래서 마음이 약해졌다면, 이번에는 자네의 정의로 세상을 멋지게 구하게. 그래서 자네의 상처 입은 정의도 다시 세우게."

"바르쳉……."

오하렌의 두 눈에서 뜨거운 눈물이 쏟아졌다.

바르쳉의 말 몇 마디가 그의 가슴을 격동시켰다.

하지만 오하렌은 선뜻 마음을 먹고 나서지 못했다.

다른 영웅들을 설득하면서도, 차원이동 마법진에 오르면서도 영 탐탁지 않은 표정이었다.

이번 일에 어떠한 성과가 보이기 전까지는 계속 오하렌의 얼굴은 밝지 못할 듯했다.

아무튼 오하렌과 바르쳉, 그리고 다른 네 명의 영웅은 그렇게 차원이동을 준비하게 되었다.

한데 그란돌은 마법진 위에 오르지를 않았다.

오하렌이 그에게 물었다.

"자네는 가지 않을 생각인가?"

"나는 이곳에 남아 있는 게 맞아. 나까지 가버리면 폐하를 지킬 사람이 전멸하게 돼. 게다가 자네들이 다른 차원에서 이곳으로 귀환할 수 있도록 다시 차원이동 마법진을 작동시켜야 할 거 아닌가?"

"…알았네."

"조심히들 다녀오시고. 5년. 그 안에 흑마법사들을 모조리 정리해야 할 거야. 오늘로부터 정확히 5년 후. 자네들이 떨어진 좌표에 차원이동 마법진을 열겠어. 그럼… 건투를 빌지."

그렇게 오하렌과 바르쳉, 네 명의 영웅은 지구로 넘어오게 되었다.

하지만 흑마법사들을 다 처리하고 5년이 흘러도… 차원이
동마법진은 다시 열리지 않았다.

* * *

지구에 오게 된 오하렌 일행은 흑마법사들을 열심히 사냥
했다.

바르쳉은 흑마법사들의 시체를 썩지 않게 보존해서 오하
렌이 만들어준 아티팩트 가방에 넣고 다녔다.

가방 입구가 얼마든지 늘어나고, 가방 안에는 아공간이 존
재하는 괜찮은 아티팩트였다.

오하렌은 시체를 모으는 바르쳉의 행동을 가만히 두고 보
다가 어느 날 물었다.

"그 시체들로 뭘 하려 그러지?"

"자네도 이젠 늙었잖아."

"그래서?"

"몸도 예전 같지 않은데 좀 쌩쌩해져야 하지 않겠어?"

"뭐?"

"키메라를 만들 거야. 결점 하나 없이 완벽할 정도로 강한
육신을 지닌 인간을."

"그게 무슨 말이야?"

"그리고 네 영혼을 내가 만든 키메라에 옮길 거야. 그럼 넌 지금의 늙은 껍데기를 벗어버리고 강인한 새 육신을 얻게 되는 거지."

"……."

"어때? 마음에 들지?"

"그때 가봐야 알겠군."

"그리고 한 가지 더."

"또 무엇을?"

"지구에서 행동하는 동안만이라도 우리들… 작은 단체 같은 거라도 꾸려야 하지 않을까?"

"단체라……."

그것이 메제르시엘의 시작이었다.

*   *   *

5년 뒤.

메제르시엘은 아무 일도 없이 잘 돌아가고 있었다.

오하렌이 메제르시엘의 우두머리가 되었고, 바르첼이 실질적인 이인자가 되었다.

그리고 나머지 영웅 넷이 사천왕의 칭호를 얻었다.

메제르시엘의 사람들은 지구에 사는 흑마법사들을 거의 다 정리했다.

깨끗하게 싹을 뽑았다고는 장담할 수 없었다.

그들도 사람이었다.

어딘가에 숨죽인 채 머리카락 한 올까지 꼭꼭 숨기고 있으면 못 찾을 수도 있는 것이다.

하지만 지구를 샅샅이 찾아 다녔던 게 자그마치 5년이다.

최선을 다했다고 생각한 오하렌 일행은 다시 그란돌과 약속한 시간에 자신들이 떨어졌던 장소로 향했다.

하지만 그곳에서 며칠 동안 기다려도 차원이동 게이트는 열리지 않았다.

오하렌은 자신들이 그란돌에게 속았음을 인지하고서 분노에 치를 떨었다.

이에, 바르쳉은 그런 오하렌을 슬슬 자극시켰다.

그란돌은 무언가 다른 생각을 품고서 처음부터 우리를 버릴 작정이었으니, 이왕 루시르 대륙에 돌아가지 못하게 된 거, 이 세상에서 잘살아 보자고.

물론 그러기 위해서는 우리가 절대적 지배자의 자리에 올라야 한다고 말이다.

오하렌은 그 말에 선뜻 동의하지 못했다.

하지만 바르쳉의 의견을 받아들이지 않기도 힘들었다.

플로라에 대한 미안함 때문이었다.

결국 오하렌은 자의 반, 타의 반으로 메제르시엘을 지구의 지배층이 되도록 만드는 데 노력하기로 한다.

물론 오하렌이 생각하는 지배층이란, 사람들을 지혜롭게 다스릴 수 있는 자들이었다.

바르쳉이 생각하는 지배층은 자신들이 무슨 짓을 해도 찍소리 못하는 아랫것들을 거느리는 생활이었다.

아울러 그것은 다른 영웅들의 생각이기도 했다.

어찌 되었든 메제르시엘이 본격적으로 활동을 시작하려 하는 그때.

록시 일행이 지구로 넘어왔다.

하지만 이미 바르쳉이 미리 준비해 놓은 트랩에 걸려 지구 땅을 밟자마자 죽음을 맞이한다.

귀신이 된 세 명의 여인에게 바르쳉은 은밀히 주술을 걸었다.

그것은 혹여 루시르 대륙에서 살다 자살을 해 지구에서 환생한 사람일지라 하더라도, 그들에게 세 여인의 혼이 보이지 않도록 하는 주술이었다.

물론 그럴 가능성은 아주 낮았다.

귀신을 보는 이가 지구에 흔한 건 아니다.

그런 이들은 아주 극소수다.

하물며 그런 이들 중 전생에 루시르 대륙에서 살다 자살을 해, 지구로 넘어온 사람이 몇이나 되겠는가?

거의 없다고 봐야 한다.

하지만 바르쳉은 혹시 모를 상황에 미리 대비한 것이다.

세 여인의 혼은 곧 지구에서 환생할 마왕만이 봐야 했기 때문이다.

환생하게 되는 마왕과 록시 일행은 바르쳉으로 인해 필연적으로 만나게 될 것이다.

그렇게 되어야 한다.

필시 마왕은 전생의 기억들을 모두 잊고서 환생할 터.

그러한 마왕의 본성을 깨우게 만들려면 마왕을 늘 괴롭히는 절대악이라는 게 필요했다.

그리고 그 절대악의 역할은 메제르시엘이 할 것이다.

메제르시엘이 절대악이 되기 위해선 서로 맞서는 입장인 록시 일행이 환생한 마왕을 가르쳐야 했다.

즉, 이미 유하가 이 세상에 태어나기도 전부터 모든 각본이 바르쳉에 의해 짜여 있었던 것이다.

*　　*　　*

오하렌 일행이 지구에서 지낸지도 20년이 흘렀다.

그리고 드디어 마왕이 환생을 했다.

설유하.

그가 마왕의 영혼을 품고 환생한 인간이었다.

그 때문에 유하는 어렸을 적부터 혼령을 볼 수 있었다.

유하는 단지 자신의 기가 약해서 그런 것이라 생각해 왔지만, 그게 아니었다.

그의 몸속에 있던 마왕의 영혼으로 인해 영적인 능력이 발달했던 것이다.

게다가 마왕의 영혼은 잡귀들을 매료시키는 힘이 있다.

그 때문에 계속해서 여러 귀신들이 유하의 몸에 빙의하려 했던 것이다.

다시 19년이라는 시간이 흘렀다.

메제르시엘은 이제 강력한 세력이 되었다.

마음만 먹으면 언제든 지구를 손아귀에 넣을 수 있었다.

그리되면 바르쳉의 염원도 이룩할 수 있으리라.

하지만 오하렌은 오로지 무력으로만 지구를 지배할 생각은 아니었다.

그는 사람들의 마음을 얻는 지배자가 되고 싶었다.

그러나 이런 속내를 관철시켜 나가는 게 쉬운 일은 아니었다.

루시르 대륙에서 플로라의 일은 잊어버리라 하던 바르쳉

이 지구에 넘어오자 태도가 바뀌었다.

바르쳉은 이곳에서마저 그 어쭙잖은 정의감으로 네 주변 사람들을 다치게 한다면 절대 용서하지 않겠다며 오하렌을 상처 입혔다.

결국 오하렌은 바르쳉의 꼭두각시처럼 행동해야 했다.

이미 메제르시엘의 실세들은 오하렌보다 바르쳉을 따르고 있었다.

사천왕인 뇌전창 아슬랑, 일루전소드 로하스, 가즈애로우람, 투신 블라펜은 오래전부터 바르쳉의 사람이었다.

파천황은 이름뿐인 종이호랑이가 되어 버렸다.

메제르시엘의 모든 정책은 기실 바르쳉의 뜻대로 돌아가는 중이었다.

바르쳉은 끊임없이 키메라 연구를 거듭했다.

그러는 와중 메제르시엘의 반동분자들을 걸러낼 계획도 세웠다.

바르쳉은 자신이 만들어낸 키메라들 중, 가장 완벽한 녀석의 이름을 제로로 명명했다.

이후 제로에게 특명을 주었다.

반동분자들을 선동해 메제르시엘에서 나가 새로운 세력을 만들라 이른 것이다.

제로는 바르쳉의 명을 받들어 반동분자를 끌고 나가 가드 마스터라는 반메제르시엘 세력을 만든다.

그 무렵, 사천왕 중 한 명인 투신 블라펜이 육신이 노쇠하여 죽음을 맞이하게 된다.

더불어 최고령자인 오하렌 역시 몸이 많이 약해졌다.

바르챙과 다른 사천왕들도 세월의 힘을 거스르진 못했다.

바르챙은 오하렌에게 자신과 뜻을 같이한다면 세상을 훗날 제로의 육신을 주겠노라 약속한다.

오하렌은 바르챙의 회유에도 속으로 수많은 갈등을 하며 쉽게 대답을 내놓지 못한다.

그렇게 다시 3년이라는 시간이 흘렀다.

바르챙은 비로소 마왕의 영혼을 품고 태어난 설유하를 찾아낼 수 있었다.

"그럼 이제 위대한 만남이 시작되어야겠지."

바르챙은 설유하에게 어느 여인의 영혼을 빙의시켰다.

그리고 록시 일행이 지나가던 절벽 아래로 뛰어내리게 만들었다.

그것이 설유하와 록시 일행의 첫 만남이었다.

CHAPTER **07**
전멸

현대강림
마스터

"하악! 하악!"

머리가 깨질 듯이 아팠다.

날 감싸고 있던 마기는 모두 사라지고 없었다.

바르쳉은 날 보며 비릿한 미소를 짓고 있었다.

"어떠냐. 진실을 알게 된 기분이?"

"……."

할 말이 없었다.

아니, 뭐라 말이 나오질 않았다.

너무나 커다란 비밀을 알게 되어 혼란스럽기만 했다.

그럼 지금껏… 오하렌과 가드 마스터의 전 대원들… 그리고 나는 바르쳉의 손아귀에서 놀아났다는 말이 아닌가?

"이제 네 처지에 대해서 잘 알겠느냐? 넌 아무것도 아니었다. 그저 내 뜻대로 따라 움직여준 꼭두각시였을 뿐."

"입 닥쳐."

"사실, 이 계획이 완벽한 건 아니었어. 한 가지… 내가 생각 못한 변수가 일어났으니까."

변수?

무슨 변수가 있었다는 말이지?

"설마 네 육신에 두 개의 영혼이 존재할 줄은 몰랐다. 난 그저 마왕이 스스로의 근본을 각성하게 되면 유하라는 인격은 완전히 사라질 것이라 생각했지. 그런데 그게 아니더군. 네 안에는 설유하의 영혼과 마왕의 영혼이 동시에 존재하고 있었어."

무슨 말인지 모르겠다.

"알 수 없다는 얼굴이로군. 어차피 저승으로 가게 될 운명이니 친절하게 풀어서 말해주마. 루시르 대륙에서 황태자로 태어난 넌, 사실 마태자였다. 이건 알고 있겠지?"

"……."

인정하기 싫었다.

그래서 대답하지 않았다.

바르쳉은 어차피 내게 어떤 대답을 기대했던 게 아니었는지 계속해서 말을 이어나갔다.

"그런데 넌 네 본질을 알지 못한 채, 사람으로 살다가 자살함으로써 생을 마감했지. 자살을 한 영혼은 너도 알다시피 그 세상에서 태어나지 못하고 다른 세상에서 태어나게 된다. 그런데 네 몸엔 네 영혼과 마태자의 영혼이 공존하고 있었다. 말인 즉, 네가 라이아스 알자임으로 살던 전생에서도 네 안에 두 개의 영혼이 공존하고 있었다는 얘기다."

"뭐야?"

"이미 황비는 황태자의 씨를 임신하고 있는 상태에서 마왕에게 겁간을 당했던 것이지."

"……!"

"그래. 생각해 보면 시기적으로도 맞아 들어. 황비는 전쟁이 끝난 후, 다섯 달 만에 황태자를 출산했지. 인마전쟁은 황비가 마왕에게 납치된 이후, 한 달 만에 끝이 났다. 그럼 황태자가 마왕의 핏줄이라 가정했을 경우, 고작 여섯 달 만에 세상 밖으로 나왔다는 얘기가 되지. 당시엔 그것이 그저 마왕의 핏줄이다 보니 여섯 달 만으로도 충분히 뱃속에서 자라 출산을 할 수 있는가 보다 생각하고 말았지. 그런데 그게 아니었던 거야."

지금 가드 마스터 대원들의 표정이 어떨까?

차마 돌아볼 수가 없다.

아마 다들 이해되지 않는다는 시선만 보내고 있겠지.

모든 진실을 알게 된 나도 혼란스러워서 머리가 터져 버릴 지경이니까.

"하지만 그 변수가 내겐 도움이 되었어. 기본적으로 네 육신을 지배하고 있는 건 마태자가 아니라 설유하라는 인격이 었지. 마태자는 설유하에게 육신을 빼앗겨 점점 자의식이 작아져 가는 상황이었다. 하지만 네가 가드 마스터에 들어가고, 메제르시엘이라는 절대악을 상대하게 되면서, 점점 마음속에 분노가 자라났지. 마태자의 자의식은 그 분노의 감정을 먹고 빠르게 강해지기 시작했다. 그리고 자신의 육신을 갖길 원했지. 그래서 네가 분노에 눈이 돌아갈 때마다 마태자의 인격이 튀어나와 잠시나마 네 육신을 조종한 것이다."

그럼… 여태껏 내가 화를 조절 못하고 인간들을 마구 찢어 죽이려 들었을 때… 그건 설유하라는 인격이 아니라 마태자의 인격이었단 말인가?

"이제야 조금 알아듣겠다는 표정이구나. 어찌 되었든 마태자의 영혼은 육신을 간절히 원했지. 그래서 내가 제로의 육신에 마태자의 영혼을 쉽게 집어넣을 수 있었던 것이다. 마태자의 영혼은 내가 제공해 준 육신을 취하는 순간 내 종복이 되었지. 그게 육신을 갖게 해주는 조건이었으니까. 마태자와 나사이의 계약은 성립되었고 이제 난 최고의 병기를 손에 넣었다."

"그럼 마태자가… 메제르시엘이 여태껏 준비해 왔던 비밀 병기……."

바르쳉이 천천히 고개를 끄덕였다.

"이제 모든 것이 준비되었다."

바르쳉이 양손을 쫙 펼쳤다.

그러자 네 사람이 바르쳉의 양옆으로 둘씩 나누어 섰다.

그중 얼굴을 아는 이는 쇼타 한 명밖에 없었다.

"사천왕들이여."

바르쳉의 말에 양 옆에 선 네 사람이 고개를 숙였다.

그들이 사천왕인 모양이다.

"우리를 위해 개처럼 고생하다 지옥으로 떨어질 가드 마스터의 전 대원들에게 마지막 인사를 건네거라. 최대한의 예를 담아, 정중하게."

쇼타가 먼저 고개를 들었다.

"사천왕 중 서열 4위 초월왕 쇼타. 가드 마스터 여러분께 진심으로."

순간 쇼타의 두 손이 허공에서 엑스 자로 교차했다.

뒤이어,

"아악!"

"크허억!"

서대호와 이재성의 비명이 들려왔다.

놀라 고개를 돌렸다.

"대호야!"

"이런! 재, 재성아!"

누군가가 두 사람의 이름을 불렀다.

하지만 이미 두 사람의 머리는 목에서 떨어져 바닥을 구르고 있었다.

그 모습을 보며 쇼타가 시린 미소를 머금더니 하던 말을 마무리 지었다.

"감사의 말씀을 전합니다."

"이놈들!"

이도진이 분개해서 앞으로 달려 나갔다.

그 뒤를 따라 웅치도 움직였다.

그에 쇼타의 옆에 서 있던 붉은색 머리카락에 창을 들고 서 있던 사내가 앞으로 나섰다.

"사천왕 중 서열 3위 뇌전창 아슬랑. 메제르시엘을 위해 생명을 불태운 너희에게."

아슬랑이 창을 횡으로 그었다.

그러자 쇼타에게 달려들던 이도진과 웅치의 허리가 거짓말처럼 잘려 나갔다.

"크윽!"

"……!"

하반신을 잃은 두 사람의 몸뚱이가 피와 내장을 쏟으며 바닥에 굴렀다.

"안 돼……."

내 입에서는 그 말밖에 나오지 않았다.

그들을 돕고 싶었지만 몸이 말을 안 듣는다.

정신적 데미지가 너무 컸는지 두 발로 땅을 지탱하고 서 있는 게 고작이었다.

아슬랑이 창끝으로 바닥을 찍었다.

다음 순간.

푸푸푸푹!

"…제기랄."

흙을 뚫고 솟아 오른 오러가 이도진과 웅치의 머리를 꿰뚫었다.

아슬랑은 쇼타가 그러했던 것처럼 두 생명을 꺼뜨리고 말을 마무리 지었다.

"경의를 표한다."

순식간에 네 사람이 죽었다.

제대로 손속을 섞어 보지도 못하고서 너무나 쉽게 죽음을 맞이했다.

이번엔 검은 머리를 허리까지 기른 늘씬한 여인이 활을 꺼내 들었다.

기다란 그녀의 손이 동시에 다섯 발의 살을 먹였다.

"사천왕 중 서열 2위 가즈애로루 람. 너희에게 최고의 죽음을 선사해 줄게."

아슬랑도 그렇고 람도 그렇고, 전생에서 내가 기억하던 모습이 아니었다. 물론 난 나라가 어찌 돌아가는지 관심도 없었기에 그들을 직접 만난 적은 없었다.

그저 세간에 들려오는 그들의 이미지만을 기억했을 뿐이다.

게다가 사천왕은 성을 찾은 적도 거의 없었다.

그들은 인마전쟁이 끝난 이후, 다들 뿔뿔이 흩어져 숨어 살듯하고 있었다.

오하렌도 바르쳉도 난 제대로 본 적이 없다.

내가 얼굴을 가장 많이 마주했던 사람은 유모와 하인, 하녀, 부모님, 그리고 그란돌뿐이었다.

아무튼 사천왕이라는 놈들은 이미 바르쳉으로부터 새로운 육신을 물려받은 모양이다.

그렇지 않고서야 칠십에서 구십을 바라보는 노인들이 저토록 젊을 수가 없을 테니.

내가 잡스러운 생각을 하고 있을 때.

쐐애애애애액!

람이 활시위를 놓았다.

다섯 개의 살은 시위에서 튕겨 나가는 순간 사라졌다.

그리고.

"꺄악!"

"큭… 이거… 제법 아픈… 크르르… 데요. 끄르륵."

엘린과 황지혁이 쓰러졌다.

화살이 마치 공간이동을 하듯 사라졌다가 엘린의 심장과 폐에 한 발씩, 황지혁의 심장과 폐, 목에 한 발씩 꽂혀 있었다.

한데 거기서 끝이 아니었다.

두 사람의 몸에 꽂힌 화살이 갑작스레 폭발했다.

퍼퍼퍼퍼퍼펑!

"엘린! 황지혁!"

붉은 홍염과 함께 두 사람의 몸은 고깃덩이가 되어 사방으로 퍼졌다.

"아… 으어… 아으아……!"

내 입에서 말도 신음도 아닌 것이 흘러나왔다.

마지막으로 웨이브진 금발에 벽안을 가진 약관의 사내가 롱소드를 뽑아 들었다.

"사천왕 중 서열 1위 일루전소드 로하스. 적어도 고통없이 보내주마."

로하스가 롱소드를 크게 휘둘렀다.

순간 하늘에서 수십 개의 섬광이 그어졌다.

그대로 있다가는 가드 마스터 대원들이 섬광에 얻어맞을 판국이었다.

"그레이트 배리어!"

이번만큼은 가만있을 수 없었다.

정신을 다잡고 가드 마스터의 진영 위에 그레이트 배리어를 시전했다.

하지만.

차차차차차차차창!

눈부신 섬광들은 배리어를 너무 쉽게 깨뜨려 버리고서 가드 마스터의 대원들을 난도질했다.

"크아악!"

"혀, 형님! 으악!"

"이성아! 커헉!"

일성, 이성, 삼성, 세 쌍둥이 형제가 거의 동시에 섬광에 얻어맞고 수 토막이 났다.

그 뒤를 이어 곽태성과 방상진, 화령의 목이 잘렸다.

순식간에 여섯 명이 죽었다.

"말도 안 돼……."

차라리 이게 꿈이었으면 좋겠다.

이 광경을 도저히 믿을 수 없었다.

이것은 전쟁이 아니라 일방적인 학살이었다.

이제 살아남은 이는 아버지와 어머니, 섹시랭, 솔초아, 솔초리, 랑시, 오지환뿐이었다.

"그럼 사천왕의 인사가 끝났으니 나도 감사의 인사를 올려야겠지?"

바르쳉의 양손에서 소울 파워가 일렁였다.

그것은 갑작스레 앞으로 쏟아져 나갔고,

"꺄아악!"

"꺄악! 유하님!"

아자린과 프리린의 혼을 꿰뚫었다.

"아자린! 프리린!"

"시, 싫어… 아직… 이렇게 가버릴 수는……."

"록시님… 유하님……."

두 여인의 영혼이 밝은 빛에 휩싸여 하늘로 올라갔다.

…승천해 버린 것이다.

죽는다.

모두 죽어버린다.

여기에 있다간 다 죽고 만다.

사람이 최악의 상황에 몰리던 본성이 드러난다고 했던가?

내 시선이 당장 부모님을 찾았다.

'다른 사람은 몰라도 부모님만큼은!'

섹시랭도, 솔초아와 솔초리 자매도, 랑시와 오지환도 눈에 들어오지 않았다.

난 부모님을 살리고 싶었다.

"블링크!"

공간이동 마법을 시전해 부모님의 지척까지 순식간에 다다랐다.

그때, 오지환이 피눈물을 흘리며 바르쳉에게 달려갔다.

"화령이를… 화령이를……!"

그래… 오지환과 화령이는 연인 사이였다.

사랑하는 여인이 그토록 처참하게 죽어버렸으니 눈에 들어오는 것이 없겠지.

하지만 그 결과는…….

서걱! 서거걱! 툭. 투둑. 철퍼덕.

"……."

굳이 확인해 보지 않아도 충분히 알 수 있었다.

"유하야."

아버지가 무겁게 내 이름을 불렀다.

"도망가거라."

"싫어요."

"어서!"

"혼자는 못 갑니다. 두 분을 모시고 갈 거예요."

"말 들어라."

"이제 와서 아버지 노릇 하려 들지 마세요! 제가 알아서 판단하고 행동할 겁니다!"

"애비 말 들어!"

"유하야."

어머니가 내 뺨을 어루만졌다.

"엄마가 부탁할게. 꼭 살아줘."

"어머니……."

그때 바르쳉의 카랑카랑한 목소리가 귓전을 때렸다.

"누가 신파나 찍고 있게 놔둔다고 했었나? 마태자!"

마태자의 몸에서 다시 마기가 피어올랐다.

검은 마기는 남아 있는 가드 마스터 대원들을 향해 일제히 뻗어 나갔다.

아버지와 어머니, 솔초아, 솔초리, 랑시의 몸이 마기에 휩싸였다.

나 역시 마기에 잡아먹히려는 순간, 마기와는 또 다른 검은색의 연기가 나타나 날 밀어냈다.

검은 연기는 곧 섹시랭으로 변했다.

마기는 나 대신 섹시랭의 몸을 친친 옭아맸다.

"섹시랭!"

"내가 반한 남자를 저 망할 놈들 손에 고이 죽도록 놔둘 순 없잖아?"

"무슨 바보 같은 짓을!"

"어서 가!"

섹시랭이 소리쳤다.

"너라도 살아. 어차피 넌 처음부터 살아남기로 했던 거잖아? 그러니까 반드시 살아남아! 복수 같은 건 생각도 하지 마. 그냥 어디 깊은 곳에 숨어서 조용히 살라고!"

섹시랭이 말을 마치는 순간, 그녀의 몸이 산산조각 나 아래로 무너졌다.

뒤를 이어 솔초아와 솔초리도, 랑시도 섹시랭과 똑같은 처지가 되었다.

이대로라면 아버지… 어머니도…….

"안 돼……!"

난 두 분에게 다시 다가가려 했다.

한데 그때 록시의 목소리가 들려왔다.

"내가 빙의할 수 있게 해줘!"

록시가 내 몸에 들어온다면 부모님을 살릴 가능성은 더 높아진다.

난 당장 록시를 내 안에 받아들였다.

그런데 록시는 내 육신을 지배하자마자 부모님이 계신 반대방향으로 몸을 틀어 달리기 시작했다.

―뭐하는 거야, 록시!

내가 소리쳤으나 록시는 듣지 않았다.

난 록시를 다시 내 몸에서 내보내려 했다.

그런데 그보다 먼저 록시가 텔레포트 마법을 시전했다.

"텔레포트!"

―록시!

내 몸에서 환한 빛이 일었다.

주변의 광경이 허물어졌다.

동시에 등에서 화끈한 통증이 일었다.

콰지직! 콰득!

―크윽!

피부가 조각조각 나서 찢어지고 등뼈가 부서져 버린 것 같았다.

하지만 후속타는 없었다.

난 어딘지도 모를 숲 속에 떨어졌다.

털썩.

―크흐윽!

아찔한 고통이 전신을 엄습한다.

"조금만… 참아. 텔레포트가 시전되려는 순간 마태자의 마기가 네 등을 작살냈어."

록시는 침착하게 얘기하며 치료 마법을 시전했다.

"힐링."

정말 대단한 정신력이라고밖에 할 수 없었다.

지금 록시는 내 몸에 빙의된 상태다.

그렇다면 내가 느끼는 고통을 똑같이 느끼고 있을 텐데, 신음 한 번 흘리지를 않는다.

따스한 빛이 내 등을 감쌌다.

'어머니… 아버지……'

두 분은 어떻게 되었을까.

그래, 뻔한 결말이라는 것을 안다.

저런 물음 자체가 의미없고 부질없다는 것도 안다.

하지만… 하지만 난 믿을 수가 없다.

믿기기 싫다.

…나만 살아남았다.

다들 죽었다.

그런데도 난… 버러지처럼 끝까지 살아남았다.

"큰일이야. 치료가 안 돼."

마기에 당했기 때문인가? 그래서 쉽사리 치료가 되지 않는 건가?

—록시… 그만 나가.

록시의 영혼이 내 몸 밖으로 튀어 나왔다.

그러자 내 입에서 실소가 터졌다.

"흐… 흐흐흐."

"유하…?"

"흐흐! 큭! 크크크큭!"

그것은 자조를 담은 비웃음이었다.

몸이 흔들릴 때마다 등이 미치도록 아파왔다.

그래도 웃음은 그치지를 않았다.

지금의 내 꼬라지가 너무나 웃겼다.

"그래… 차라리 이렇게 죽어버리는 게 나을지도 몰라."

"마음 약한 소리 하지 마."

"애초부터 상대가 안 되는 게임이었어."

"그만해, 유하."

"우리는 모두 다 바르쳉의 손아귀에서 놀아났어! 그런 줄
도 모르고 메제르시엘을 막아내겠다느니, 세상을 구하겠느
니 꿈만 드높았단 말이… 크윽! 쿨럭! 쿨럭!"

록시가 다가와 날 조심스레 끌어안았다.

"그만… 그만해, 유하야."

"말해줘, 록시. 난… 무엇을 위해 여태껏 달려온 거지?"

"……."

"말해줘 제발… 제발 말해달라고!"

"유하야, 그만…."

"으아아아아아아아아아악!'

나는 울부짖었다.

록시는 그런 날 끌어안고 울었다.

            *   *   *

얼마나 시간이 흘렀는지 모르겠다.

여기가 어딘지도 모르겠다.

난 그저 록시의 품에 안겨 점점 죽어가고 있었다.

마음이 부서져 버렸다.

머릿속이 황폐해졌다.

이래서는 아무것도 할 수가 없었다.

그저 죽음을 기다리는 것밖에는.

주마등 같은 건 스쳐 지나가지 않았다.

다만, 아이러니하게 정말 즐거웠던 순간이 잠시 떠올랐다.

싱크로 드림 속에서 록시와 함께 보냈던 나날들.

그때는 정말 행복했다.

그리고 록시의 마음을 확인했을 때는 세상을 다 가진 것 같
았다.

물론 그 이후 록시와 정식으로 연애하는 사이가 되긴 했으

나, 아무래도 내 인생에서 처음으로 내가 좋아하는 여인과 감정이 통했던 순간이니 만큼 공식 연인이 되었을 때보다 기쁨의 크기가 더 컸다.

"죽을 때가 다 되어 가니까 비로소 정신이 드는 모양이구만."

이 목소리는… 호명신령?

감고 있던 눈을 천천히 떴다.

호명신령이 꼿꼿하게 서서 나를 내려다보고 있었다.

"호명… 신령님."

"목소리가 개미 기어다는 것 같은 꼴이 다 죽어가는구나. 어지간하면 내 도술로 치료해 주고 싶으나… 그건 내가 어찌할 수 있는 상처가 아니구나."

"여긴… 호명산입니까?"

"그럼 내가 호명산 말고 어디로 가겠느냐? 내 이름이 호명신령인데."

"그렇군요…….."

"죽어가는 놈 선물 하나 주는 셈 치고 재미있는 얘기 하나 해주마."

이 양반이 정신이 있는 건가 싶다.

죽는 사람 앞에 두고서 뜬금없이 재미있는 얘기라니.

하지만 호명신령은 이런 내 심정은 알 바 아니라는 듯 무작

정 이야기를 시작했다.

"컵라면이 하나 있다."

웬… 컵라면?

"거지가 구걸해서 그 돈으로 컵라면을 사먹으면 정말 기쁘지 아니하겠느냐?"

당연한 얘기를.

"한데 부자가 망해서 컵라면을 사먹게 된다면 과연 기쁘겠느냐? 기분이 뭣 같겠지."

그 역시 당연한 얘기를.

"세상 모든 이치가 그렇다. 내 주변에서 일어나는 어떠한 현상이나 상황들이 내게 기뻐하라, 슬퍼하라, 혹은 분노하라고 강요하지 않는다. 모든 것은 내가 판단하는 것이지. 너에게는 기쁜 상황도 어느 누군가에게는 슬픈 상황일 수도 있고, 그 반대의 경우도 충분히 존재한다는 얘기지."

…맞는 말이다.

이 세상의 주인은 나다.

적어도 내 삶 속에서는 그렇다.

내가 기분이 좋을 때는 비를 맞아도 좋고, 바람이 불어도 좋다.

하지만 기분이 좋지 않을 때는 비가 짜증나고 바람이 짜증난다.

결국 그 모든 판단을 하고 있는 사람은 바로 나였다.

"꿈이라는 건 말이다. 행복한 자들만 꿀 수 있는 법이다. 마음에 여유가 없는 사람은 꿈도 꾸지 못하지. 꿈을 꿔야 할 공간에 불안만 가득 들어차 버리니까 말이다."

"……!"

그 말을 듣는 순간 머릿속에서 번개가 내리치는 것 같았다.

호명신령은 내 얼굴을 지그시 살피다가 피식 웃었다.

"내 선물이 마음에 드느냐?"

"호명신령님… 감사합니다."

"감사하면 살아라. 살아서 두고 두고 갚아라. 목숨 빚은 그만큼 무겁다는 거 잊지 말아라."

그 말을 끝으로 호명신령은 모습을 감췄다.

난 당장 싱크로 드림의 마법공식을 그려나갔다.

그러면서 랑시를 떠올렸다.

모든 가드 마스터의 대원들 중 유일하게 끝까지 싱크로 드림을 사용할 수 있었던 여인이 바로 랑시였다.

그리고 그녀는 필요 이상으로 유쾌했고, 긍정적이었다.

부정이라는 걸 모르는 여인 같았다.

메제르시엘이 전쟁을 선포한 상황에서도 긴장감이라고는 찾아볼 수가 없었다.

늘 즐거운 생각만으로 머릿속이 가득 차 있었다.

하지만 다른 사람들은 그러지 못했다.

제로는 계속해서 메제르시엘과의 전쟁에 대해 언급하며 대원들의 가슴속에 불안감을 키워 나가게 만들었다.

'이미… 제로는 싱크로 드림의 약점을 알고 있었어!'

싱크로 드림의 최대 약점!

그것은… 육신과 정신 중 그 어느 것 하나라도 불안정한 상태에서는 발동되지 않는다는 것이다.

싱크로 드림을 시전하고 나서 몸이 완전히 회복되기 전까지는 마법이 시전되지 않는다.

난 그것만이 싱크로 드림의 시전을 방해하는 요소라고 생각했었다.

그런데 육신만큼 정신의 상태도 중요했다.

제로는 가드 마스터의 대원들이 싱크로 드림으로 성장하는 걸 막기 위해 일부러 불안감을 조장했던 것이다.

'아직… 아직 끝나지 않았어. 지금 내겐 마지막 가능성이 남아 있어.'

난 최대한 마음을 편히 먹기 위해 노력했다.

물론 그것은 쉬운 일이 아니었다.

지금 내 마음속엔 여러 가지 아픔들이 가득 차 있다.

하지만… 하지만 그 아픔에 무릎 꿇어 아무것도 못한 채 이대로 죽는다면 더 아플 것 같다.

최후의 최후까지, 내 목숨이 아직 붙어 있는 한, 해볼 수 있는 것들은 다 해봐야 한다.

잡생각을 지워 버렸다.

그리고 내가 정말 행복했던 그 시절의 기억을 떠올렸다.

록시의 품에 안겨 있었기에, 그때를 떠올리는 건 더더욱 쉬웠다.

점점 마음이 편안해졌다.

모든 근심 걱정들이 사라졌다.

입가에 미소가 그려졌다.

비로소 나는 시전어를 내뱉었다.

"싱크로 드림."

그리고… 현실이 사라졌다.

CHAPTER **08**
꿈의 지배자

넓은 초원의 중앙엔 작은 집 한 채가 지어져 있었다.

그리고 집 앞에 나와 록시가 서 있었다.

록시는 놀란 눈으로 날 보았다.

"싱크로 드림이… 성공했어?"

"응."

록시가 감격에 차 울먹이다 내게 달려와 와락 안겼다.

난 그런 록시의 등을 쓸어내렸다.

"문제는 내 안에 있었어. 그걸 알아채는 순간 문제가 사라져 버린 거야."

"정말 잘했어, 유하야. 정말 잘했어."

"잘해야지, 내가 누군데. 잠깐만."

난 록시를 살짝 밀어냈다.

"여기서 다시 한 번 싱크로 드림을 시전할 거야. 지금 내 몸은 계속해서 죽어가고 있어. 일분일초가 아쉬워. 그러니까 남은 시간을 최대한 많이 활용해야 돼."

"응, 그렇게 해. 여기서 수련하다 보면 이 상황을 타개할 방법이 생길지도 몰라."

"나도 그렇게 생각해."

무엇이든 마지막까지 해보기 전까진 모르는 법이다.

난 지금 모든 것을 다 잃었다.

그건 아프고 슬픈 일이다.

하지만 그 감정 속에서 휘말려서 빠져나오지 못하면 그것으로 끝이다.

적어도 처참한 말로를 맞게 된 동료들과 부모님의 복수라도 해주어야 하지 않겠는가.

그 전에 내 몸부터 어떻게 해야겠지만.

부모님과 가드 마스터 대원들을 떠올리니 다시 마음이 안 좋아지려 했다.

"후우."

숨을 길게 내쉬고서 마음을 진정시켰다.

그리고 또 한 번 싱크로 드림을 시전했다.

"싱크로 드림."

*　　　*　　　*

꿈에서 다시 한 번 꿈속으로 들어왔다.

록시는 내게 말했다.

"우선은 9서클에 오르는 것을 목표로 하자. 9서클이 되면 절대치유마법 리스토레이션을 시전할 수 있게 돼. 그 마법이라면 충분히 네 몸에 난 상처를 치료할 수 있을 거야."

"록시."

"응?"

"부족한 것 같아."

"부족하다니, 뭐가?"

"내 육신이 죽어가는 속도도 빠르고 그 전에 혹여라도 메제르시엘 측에서 날 찾아내게 된다면… 더욱 빨리 죽게 되겠지."

"유하… 혹시 너?"

"싱크로 드림을 한 번 더 시전할 거야."

"하지만 그렇게 되면 몸이 받게 되는 부담이 너무 커. 게다가 지금 네 육신은 네 말대로 죽어가고 있어. 꿈속에서 수련을 하는 동안 몸이 죽어버릴 지도 몰라."

"걱정하지 마. 체력단련은 하지 않을 테니까. 마나만 모을
거야."

"…그렇다면 괜찮을지도 모르겠지만. 역시 전혀 무리가 가
지 않을 거라고 장담할 수 없어."

"꼭 해낼게. 걱정하지 마. 록시도 지금 많이 노력하고 있잖
아? 그만큼 나도 노력할 거야."

"내가 뭘 노력한다고. 유하가 고생이지."

"아니… 지금껏 록시는 단 한 번도 프리린과 아자린에 대
해 말을 꺼내지 않았잖아."

"……."

"사실 그 둘의 영혼이 승천함으로 인해서 더 힘든 건 내가
아니라 록시였을 텐데, 스스로의 아픔은 깊게 숨기고서 내 아
픔을 달래줬잖아."

내 말에 금세 록시의 두 눈에 눈물이 고였다.

난 그런 록시의 눈물을 닦아주었다.

"고마워. 그리고 미안해."

*　　　*　　　*

세 번째 싱크로 드림에도 성공했다.

주변의 배경은 여전히 초원이었고, 작은 집도 그대로였다.

그런데 무언가 느낌이 조금 달랐다.

굳이 말로 표현하자면 엄청 솔직해진 기분이랄까?

록시도 그것을 감지한 모양이었다.

"아무래도 유하의 내면 깊숙한 곳까지 들어와 버린 모양이야."

"내면?"

"응."

"아… 그러니까 내 마음속 깊은 곳이라 이 말이지?"

"그럴 거야."

"그래서 엄청 솔직해진 기분이 들었구나."

"꿈이라는 건 결국 그 사람의 내면심리를 반영하는 것이니까. 싱크로 드림을 세 번 중첩해서 시전했으니 네 깊은 내면 속으로 들어와 버리게 된 거야."

"좋아. 아무튼 이제부터 쉴 틈 없이 마나사이펀이다!"

난 그 자리에 가부좌를 틀고 앉아 마나사이펀을 시작했다.

✳   ✳   ✳

마나사이펀을 시작한 지 백 일째.

싱크로 드림을 세 번 중첩한 상태에서 난 꿈속의 상황을 완

꿈의 지배자 191

벽히 지배할 수 있게 되었다.

처음엔 시간이 흘러가면 흘러가는 대로 놓아두었다.

배가 고프면 전처럼 먹을 것들을 만들어서 섭취했다.

졸리면 잠을 잤다.

그런데 가만히 생각해 보니 이 공간은 내가 만든 꿈속이었다.

곧 내가 주인이라는 말이다.

난 얼마든지 내 꿈을 손댈 수 있었다.

그래서 시간을 백 배로 돌렸다.

순식간에 하루가 가고 새로운 하루가 밝았다.

배가 고프지 않게 했다.

하루에 쌀 한 톨 먹지 않아도 문제가 되지 않았다.

피로를 없앴다.

사십 일이 지난 이후부터는 단 한숨도 자지 않았지만, 쌩쌩하기만 했다.

더불어 시간이 빠르게 흐름에 따라 그와 비례해서 마나도 빠르게 모였다.

단언컨대 싱크로 드림은 가장 완벽한 마나흡입법이다.

*   *   *

꿈속에서 지낸지 4년이 흘렀다.

하지만 4년이라고 해봤자 내가 설정해 놓은 시간의 흐름 때문에 금방 가버렸다.

마나는 미칠 듯한 속도로 쌓였다.

오하렌이 신천지교를 만들어 신앙으로 체질개선을 시켜 후천적 마나친화력을 기르게 한 것은 분명히 대단했다.

그 신도들이 마나사이펀 없이 마나를 빨아들이는 속도가 어마어마한 것도 놀라웠다.

하지만 지금의 내 속도에 비하면 새 발의 피다.

후우우우웅!

쉼없이 흘러들어 오던 마나가 심장에서 빠르게 회전했다.

8서클 급의 마나가 다 모인 것이다.

한참 동안 회전하던 마나의 덩어리가 멈췄다.

그리고 하나의 고리가 더 생겨났다.

보통 같았다면 마나사이펀을 그치고서 8서클의 힘을 한동 안 즐겼겠지만, 이번에는 그러지 않았다.

난 멈추지 않고 계속해서 마나사이펀을 했다.

*   *   *

다시 7년이라는 시간이 지났다.

그동안 먹지도, 자지도, 쉬지도 않았다.

오로지 마나사이펀에만 몰두했다.

4년이 빠르게 흘렀던 것처럼 7년도 빠르게 흘렀다.

가슴이 터져 버릴 것처럼 거대한 마나가 왼쪽 심장에 모였다.

9서클에 달하는 마나의 양은 그야말로 어마어마했다.

후이이이이잉—!

또다시 마나의 덩어리가 회전을 시작했다.

콰르르르르르르!

가부좌를 튼 내 주변에서 거대한 태풍이 일었다.

마나가 계속해서 회전함에 따라 태풍도 무서운 속도로 회전했다.

그러다 마나의 회전이 멈추어 아홉 번째의 고리가 생기는 순간.

스으으으으으—

태풍 역시 거짓말처럼 사라졌다.

비로소 난 눈을 뜨고 몸을 일으켰다.

백 배 이상 빠르게 설정해 놓았던 시간의 흐름은 원래대로 돌려놓았다.

"축하해, 유하!"

록시가 달려와 내게 안겼다.

난 웃으며 그녀를 품에 받았다.

"역시 이런 건 꿈속이 좋다니까."

내 품에 안긴 록시가 고개를 들어 날 바라보았다.

그 모습이 귀여워 나도 모르게 그녀의 입에다 키스를 했다.

록시는 갑작스런 키스에도 날 거부하지 않고 그대로 받아들였다.

그런데… 키스만 할 생각이었으나 갑자기 멈출 수가 없게 되었다.

날 받아들이는 록시의 숨소리, 신음 소리, 몸의 떨림, 그 하나하나가 너무나 농염했다.

예전에 그 딱딱하기만 했던 록시는 완전히 사라지고 없었다.

난 록시를 그대로 잔디밭에 눕혔다.

그리고… 둘만의 뜨거운 역사가 꿈속에서 이루어졌다.

*   *   *

록시와 나는 실오라기 하나 걸치지 않은 자연 그대로의 상태로 초원 위에서 끌어안은 채 하늘을 보고 누워 있었다.

그러지 않으려고 노력했지만 내 손은 자꾸만 록시의 가슴을 더듬었다.

록시는 부끄러워했지만 딱히 거부하진 않았다.

"9서클이 된 거, 축하해."

"마법의 궁극… 인 건가?"

"응."

"근데 정말 이게 궁극에 달한 게 맞는 건가 싶어."

"9서클에서는 마나사이펀을 한다고 해도 마나가 더 모이지 않아. 그럼 궁극이라는 거 아닐까?"

"하지만… 뭔가 더 있을 것 같아."

"그 심정 이해해."

"이해한다니?"

"고작 마법의 궁극을 본 것만으로는 마태자를 당할 수 없다고 생각하는 거지?"

흠, 확실히 그런 걱정도 없는 건 아니다.

하지만 난 정말 9서클 이상은 없는 것인지 그게 궁금했다.

"오하렌만 봐도 보통의 마법사와는 다르잖아. 록시 너 역시 9서클 마법사지?"

"응."

"마법의 극의를 봤다고는 하지만 오하렌처럼 시전어 없이 마법을 시전할 수 있는 건 아니잖아."

"그건 오하렌만 가능했어."

"그러니까 결국 9서클이 극의라는 건 잘못된 편견이 아닐까 라는 거야."

"오하렌이 특별했던 거야."

"거기서 문제가 생기는 거 아닐까?"

"뭐?"

"다들 오하렌은 원체 특별한 존재로 평가해 버리니까 발전이 없었던 거 아니냐는 거야."

"다들이라고 해도 그 당시에 9서클에 오른 사람은 오하렌과 나, 단 둘뿐이었는데."

"고정관념이야. 분명히 9서클이 마법의 극의는 아닐 거야."

"하지만 그 이상의 마나는 모이지를 않아."

"꼭 마나를 모아야 한다는 게 아니라, 시전어 없이 마법을 시전할 수 있는 경지에 다다를 수 있는 다른 방법이 있을 거라는 말을 하는 거야."

"…그럴까?"

"오하렌만 그게 가능하다는 건 말이 안 돼. 어차피 오하렌도 마법사야. 마법사는 마나를 이용해서 마법을 시전할 수 있는 존재고. 똑같은 마나를 사용하면서 왜 오하렌은 되고 다른 마법사는 안 된다는 거야?"

나도 모르게 흥분해서 억양이 세졌다.

하지만 록시는 기분 나빠하지 않았다.

오히려 미소 지었다.

"맞아. 유하의 그런 생각이 부러워. 나는 왜 살아생전에 그런 생각을 못했었는지 몰라."

"고, 고마워."

록시가 너무 부드럽게 나오니 괜히 내가 민망해졌다.

"하지만 그 부분에 대한 건 나중에 더 생각해 보기로 하고 우선은 소울 파워와 스피릿 파워도 9서클의 힘을 사용할 수 있도록 연습하는 게 좋을 것 같아."

"알았어. 그런데 그 전에……."

"그 전에?"

내가 씨익 웃었다.

록시는 그게 무슨 뜻인 줄 알아채고서 시선을 피했다.

그녀의 뺨이 붉게 달아올랐다.

난 록시의 가슴에 얼굴을 파묻었다.

"아……."

그녀의 입에서 옅은 신음이 흘러나왔다.

CHAPTER **09**
초월의 영역

3년이 더 흘렀다.

그동안 난 조련술도, 사령술도 전부 완벽한 9서클의 경지에 올려놓았다.

이제 남은 것은 오러.

궁극의 오러라고 할 수 있는 진보랏빛의 오러가 주먹에 어려야 하는데, 그게 영 쉽게 되질 않았다.

하지만 꾸준히 연습을 해나가니 가능성은 충분히 보였다.

일주일 전부터 오러가 진보랏빛으로 조금씩 변하기 시작했다.

그러다 바로 지금.

"됐어."

완벽한 진보랏빛의 오러가 주먹에 맺혔다.

이를 본 록시가 만면 가득 웃음을 담고 고개를 끄덕였다.

"고생했어, 유하. 오러, 마나, 소울 파워, 스피릿 파워까지 전부 9서클로 치환해서 사용할 수 있는 사람은 네가 최초일 거야."

"루시르 대륙에서도 그런 사람은 없었나?"

"황태자였으면서 풍문이 그렇게 어두워서야 되겠어?"

"워낙 궐 밖의 일에 관심이 있었어야지."

"궐 안에는 관심이 있었고?"

할 말 없게 만드네.

흠… 근데 아까부터 몸이 전체적으로 좀 이상하다.

간질간질하다고 해야 하나?

머리부터 발끝가지 아무튼 편하지가 않았다.

이 느낌을 말로 표현하기가 힘들었다.

"아, 이상하네."

"왜?"

"몸이 좀 이상해."

"어떻게 이상하길래?"

"글쎄… 이런 느낌 처음이라 뭐라고 해야 할지 잘 모르겠어."

록시가 다가와 내 몸을 여기저기 만지고, 주물렀다.

"딱히 이상한 건 모르겠는데."

"어디가 아픈 건 아니야. 근데 하여튼 좀 뭔가……."

그때였다.

심장에 있던 마나가 갑자기 요동쳤다.

그러고는 내 통제를 벗어나 제 멋대로 움직이기 시작했다.

마나는 하복부로 옮겨가 단전을 자극하고서는 다시 위로 올라와 심장을 감싼 뒤, 더 위로 솟구쳤다. 그리고 뇌와 정수리를 어루만지고서 재차 아래로 굽이쳐 흘렀다.

이후로는 내 몸 구석구석을 세척하듯 맴돌았다.

난 나도 모르게 가부좌를 틀고 앉아 눈을 감았다.

시간이 흐를수록 몸 안을 휘도는 마나의 속도가 점점 더 빨라졌다.

그리고 흐름이 격해졌다.

쾅! 쾅!

마나는 내 몸속에 막혀 있는 무언가를 뚫어버리려는 듯 연신 이곳저곳에 부딪혔다.

그때마다 어마어마한 고통이 찾아왔다.

하지만 뻥! 하는 소리와 함께 무언가가 뚫리는 느낌이 들면 심신이 엄청나게 맑아졌다.

그러나 그건 잠시.

또다시 움직인 마나가 다른 부위를 가격하면서 아찔한 충격에 식은땀이 줄줄 흘렀다.

이러한 과정은 한참 동안 이어졌다.

시간이 얼마나 흘렀는지도 모르겠다.

처음엔 마나가 뭘 뚫는 건지 알 수 없었다.

한데 지금은 대충 짐작이 간다.

혈도.

인체에는 수많은 혈이 있다.

그리고 그 혈들이 다 원활하게 뚫려 있는 건 아니다.

지금 마나는 내 몸에 막혀 있는 혈들을 전부 뚫어 버리고 있었다.

한참 동안 곳곳의 혈도를 뚫던 마나가 일제히 정수리 쪽으로 밀고 들어왔다.

이어서.

콰앙!

"......!"

정수리의 혈을 무섭게 때렸다.

순간 나도 모르게 정신 줄을 놓을 뻔했다.

하지만 꾹 참았다.

꽈아아앙!

두 번째 충격은 더욱 컸다.

난 이를 꽉 깨물었다.

마나는 그 이후에도 열 번, 스무 번 계속해서 쉬지 않고 정수리를 두들겼다.

그러다 어느 순간.

퍼어어어엉!

혈이 확 뚫리면서 정신이 아찔해졌다.

번개 수백 가닥이 정수리에 내리꽂히는 것 같았다.

동시에 난 눈을 떴다.

엉망이 된 내 육신은 호명산의 숲 속에 아무렇게나 버려져 있었다.

동시에 등을 불로 지지는 듯한 고통이 느껴졌다.

"크흐흑!"

"유하야!"

록시가 소리쳤다.

왜 갑자기 싱크로 드림이 깨진 거지?

뭔가가 잘못된 건가?

위험했다.

다시 싱크로 드림을 시전해야 한다.

한데 그때 기이한 일이 벌어졌다.

투둑. 툭. 투두둑.

갑자기 내 피부가 쩍쩍 갈라지면서 뱀이 허물 벗듯 껍데기가 바닥으로 떨어져 내렸다.

그리고 새 피부가 돋아났다.

"유하야… 등의 상처가… 아물고 있어."

록시의 말처럼 등에서 느껴지는 고통이 빠르게 사라졌다.

전신에 새 피부가 돋아단 이후에는 머리카락이 전부 빠지고, 다시 새 머리카락이 자라났다.

이빨도 마찬가지였다.

전에 있던 육신을 버리고 새로운 육신을 가지게 된 기분이었다.

난 누워 있던 자리에서 일어섰다.

"유하… 키가."

록시의 머리가 내 가슴 아래쪽에 와 있었다.

키가 순식간에 확 자라 버렸다.

몸도 전체적으로 전보다 더 근육이 붙어 있었다.

"이거… 뭐지? 왜 이런 현상이 일어난 거야?"

록시에게 물었지만, 그녀는 고개를 저었다.

"나도 모르겠어. 이런 경우는… 처음이야."

죽다가 되살아난 건 좋기는 한데, 난생 처음 겪어보는 상황에 난감하기도 했다.

내가 한 것이라고 마나, 오러, 스피릿 파워, 소울 파워의 극의를 본 것밖에 없다.

그게 연관이 있나?

그런 의문을 품는 순간 머릿속에 기이한 기운이 스며들었다.

그리고 세상이 맑아졌다.

덩달아 정신도 맑아졌다.

이어, 지금껏 내가 모르던 진실들을 알게 되었다.

태초에 우주를 창조했던 신은 우주와 닮은 생명체를 만들어 냈으니 그것이 사람이다.

그것은 우주와 사람의 형태나 모양이 닮았다는 것이 아니다.

우주가 가지고 있는 거대한 생명력을 사람 역시 가지고 있다는 것이다.

즉, 사람은 소우주다.

우주는 스스로 끊임없이 공간을 넓히고 거대해진다.

사람 역시 끝없이 발전할 수 있는 존재다.

하지만 대부분의 사람들이 그걸 모르고 죽는다.

고정관념.

그 무서운 정신의 자물쇠가 이를 불가능하게 만들어 버린다.

자신이 스스로의 한계에 족쇄를 채워 더 이상 앞으로 나갈 수 없게 되는 것이다.

그 족쇄가 풀어지는 순간, 지금의 나처럼 사람의 진실을 알게 된다.

한계가 사라진다.

이 현상은 내가 마나와 오러와 스피릿 파워와 소울 파워 모두 극의를 봄으로써 찾아오게 되었다.

인간으로써 더 이상 발전할 수 없는 지경의 문턱을 밟아 버린 것이다.

그 순간 난 인간이 아니게 되었다.

그 이상의 존재로 거듭났다.

몸속에 거대한 우주를 담고 있으며, 그것을 스스로 인지한 새로운 인류.

육신을 가졌음에도 신과 가장 가까운 존재.

반신(半神).

난 반신으로 다시 태어났다.

사람이 반신으로 거듭날 수 있는 경지를 초월의 영역이라 부른다.

세상을 살아가는 사람들 중 백 년에 한두 명은 간혹 이 초월의 영역을 밟게 된다.

정신을 단련하든, 육체를 단련하든, 아무튼 한 분야의 극의에 오르는 순간 초월의 영역이 눈앞에 펼쳐진다.

꼭 심신을 단련하지 않아도 된다.

자신이 하는 일에 최선을 다해 그 분야의 극의를 볼 때 역시 초월의 영역은 찾아온다.

그런 이들은 자신이 하는 일로 떼돈을 번다.

한마디로 그 분야의 고수가 되는 것이다.

그러나 그것으로 끝이다.

진정 초월의 영역에 발을 제대로 들여 놓기 위해서는 극의를 한 번만 봐서는 부족하다.

세 번 이상 극의를 본 사람만이 초월의 영역을 넘어서서 반신이 될 수 있다.

오하렌은 극의를 두 번이나 봤다.

마법으로, 검으로.

시전어의 영창도 없이 마법을 시전했던 것은 인간의 범주를 넘어선 능력이었다.

하지만 마지막 한 번이 모자랐다.

만약 그가 다른 분야에서 또 한 번 극의를 경험했다면 나와 같은 경지에 오를 수 있었을 것이다.

"유하… 네게서 아무것도 느껴지지가 않아."

록시의 말이었다.

"마나도, 오러도, 소울 파워랑 스피릿 파워도 전부 통째로 사라져 버린 것 같아. 이건 마치… 오하렌을 대할 때의 느낌이야."

"맞아."

"맞… 다고? 그럼 너도 오하렌과 같은 경지에 올라선 거야?"

"아니. 그보다 훨씬 높은 곳."

"그보다 높은 곳이라니……."

난 록시의 얼굴을 어루만지며 미소 지었다.

"이제 메제르시엘 녀석들에게… 바르쳉에게 뜨거운 맛을 보여줄 시간이야."

"하지만… 아직은 위험한 게 아닐까. 오하렌이 마태자에게 어떻게 죽임을 당하는지 충분히 봤잖아."

"난 죽지 않아."

"유하야."

"나를 믿어봐. 이제야 비로소 난 모든 걸 알게 되었으니까."

"알게 되었다니, 뭘?"

"우주와 인간의 비밀."

"…어려워."

"알고 나면 별로 어렵지 않아."

"진짜… 유하 맞아? 어쩐지 너무 많이 달라진 것 같아. 외형보다 내면이."

"그럴 거야. 그리고… 한 가지 더 알게 된 것이 있어."

"더 알게 된 것? 뭔데?"

"루시르 대륙에서 내가 사랑했었던 여인이 누구인지."

"……!"

록시가 눈에 띄게 당황했다.

"그걸… 기억했다고?"

"응, 당시의 나는 절대 누군가를 사랑해서는 안 되는 입장이었어. 마왕의 피가 섞인 인간이었으니까. 그런 내가 여인과 사랑에 빠져 혼례라도 올리게 되면 큰일이었겠지. 그냥 데리고 즐겼던 하녀들 같은 경우엔 내 아이를 임신하게 되면 아버지께서 아이를 유산시키면 그만이겠으나 결혼하게 되면 이야기가 달라지니까. 그런데 그런 내가 어느 여인을 진지하게 사랑하게 된 거지. 그것도 열네 살의 나이에."

"……."

록시는 아무 말도 없이 그저 내 얘기를 가만히 들었다.

"그 여인의 나이는 당시 나보다 열두 살이 더 많았었어. 그런데도 나를 남자로서 사랑해 주었지. 애정표현을 잘하는 것도, 애교가 많은 것도, 여자다운 것도 아니었지만, 나를 향한 진심만큼은 확실히 느낄 수 있었어."

"유하……."

"하지만 아버지는 내 안에 사랑이 자라나는 것을 알고 여인에 대한 내 기억을 지우려 했지. 그때 루시르 대륙에서는 '기억의 눈물'이라는 약이 알게 모르게 팔리고 있었어. 그것은 약을 마시는 사람의 기억 중, 원하는 기억을 없앨 수 있는 약이었지. 누군가 기억의 신 리제바의 신전에서 그의 신물(神物)을 훔쳐, 그 영험한 효능으로 만든 약이라고 하던데, 진위는 확실히 밝혀지지 않았었어. 아무튼 아버지는 내게 기억의 눈물을 먹이고서 내가 사랑했던 여인에 대한 기억을 전부 지워 버렸지."

난 록시의 시선을 똑바로 바라보았다.

"그 여인의 이름은… 록시 드루와일. 바로… 너였어."

록시는 아무 말도 하지 못했다.

하지만 그녀의 눈은 많은 이야기를 하고 있었다.

그 이후로도 쭉 나를 잊지 못했다고.

지구에서 나를 다시 만나 내 전생을 알았을 때 가슴이 주체할 수 없이 떨려왔다고.

그런 날… 모른 체해야 하는 것이, 내게로 향하는 감정을 애써 접어야 했던 것이 지옥같이 힘들었다고.

난 그런 록시를 끌어안아 주었다.

"고생 많았어, 록시."

"이제… 괜찮다. 전부 다… 다 괜찮아."

"아니, 괜찮지 않아."

"……?"

"루시르 대륙을 떠올리는 순간 내가 잃어버린 모든 것들을 되찾을 방법이 생각났어."

"잃어버린 모든 것…? 그 말은 설마 죽은 이들도 다시 되살릴 수 있다는 거야?"

"응."

"그런 게… 가능할 리가 없어."

"인간의 힘으로는 불가능하겠지."

"신의 힘을 빌리겠다고?"

"루시르 대륙에는 시간의 신 툴레하스를 모시는 신전이 있어. 그 신전의 지하에는 툴레하스의 신물도 놓여 있지."

"툴레하스의 신물… 시간을 다스리는 창 소리엘!"

"응, 난 루시르 대륙에서 넘어가 소리엘을 가져올 거야. 그리고 모두가 죽기 전으로 시간을 되돌려 놓겠어."

"하지만 신의 힘을 그렇게 함부로 사용하는 건 금기야. 인간에게 허락되지 않은 일이라고."

"아니, 인간에게 충분히 허락된 일이야."

"뭐?"

"생각해 봐. 인간에게 허락되지 않은 힘이라면 뭣하러 신들이 신물을 인간의 땅에 내려보냈겠어? 그럴 필요 자체가 없어. 신들은 애초에 인간이 신물을 사용함에 있어 아무런 제약도 두지 않았어. 신의 입장에서 보자면 인간이 얼마나 작은 존재인지 넌 모를 거야. 그들은 즐기고 있어. 인간들이 살아가는 모습을. 그들이 죽고 다시 환생해서 또다시 다른 삶을 살아가는 과정을."

"어떻게… 그런 것까지 아는 거야?"

"지금의 난 반신과 다름없으니까."

"반신?"

"응. 말 그대로, 신과 인간의 영역 사이에 발을 걸쳐 놓은 상태라는 거야. 여기서 육신을 버리게 되면 신이 되는 거지. 내가 신이 된다면 우주 너머 또 다른 세상으로 가게 될 거야. 그리고 난 오백예순일곱 번째 신이 되는 거고."

"신이… 그렇게 많아?"

"많아."

"믿을 수가 없어. 다 뜬구름 잡는 소리 같아."

"하지만 이게 진실이야. 더불어 사람을 살리는 주술이라든지 차원을 넘나드는 마법 같은 것들도 절대 금기사항이 아니야. 이 세상에서 인간이 할 수 있는 일이라면 무엇이든 해도 돼."

록시는 완전히 한 방 얻어맞은 표정이었다.

난 그런 록시의 허리를 손으로 확 감아 안았다.

"이제부터 난 그렇게 할 거야."

말을 마치며 자유로운 팔로 허공을 휙 저었다.

그러자 허공이 갈라지며 쩍 하고 열리더니 검고 동그란 입구가 나타났다.

"유하야… 이건 뭐야?"

"루시르 대륙으로 넘어갈 차원의 문을 연 거야."

"마법의 시전도 없이?"

"고작 오하렌 같은 인간도 하는 걸 내가 못할까 봐?"

"9서클의 마법을……."

록시가 완전히 질려 버린 얼굴이 되었다.

그러다가 나중에는 입이 살짝 튀어나왔다.

자신과 너무나 차이나는 내 실력에 질투심을 느껴 버린 모양이다.

'귀엽네.'

난 피식 웃고서 그런 록시를 양팔로 들어 안아 차원의 문 안으로 들어섰다.

CHAPTER **10**
루시르 대륙

검은 우주가 우리를 맞이했다.

수많은 별들이 흘러가고 난 뒤에, 차원의 문이 우리를 다른 세상으로 뱉어냈다.

록시와 나는 높은 하늘 위에 있었다.

하늘 아래로 익숙한 듯, 낯선 도시가 보였다.

"저기는… 알페하룬 제국의 수도 알페하임."

"아……"

록시가 탄성을 뱉었다.

오래간만에 본 제국의 수도가 새롭게 다가오는 모양이다.

난 당장 하늘에서 내려와 수도의 땅을 밟았다.

그러자 내 주변을 지나가던 사람들의 시선이 전부 내게 꽂혔다.

갑자기 땅 위에 나타난 것도 놀랄 일인데 입고 있는 옷까지 특이하니 당연한 일이었다.

"이 옷은 너무 눈에 띄나?"

그때 멀리서 여인의 고함이 들려왔다.

"꺄악! 소매치기야!"

황실이 있는 수도에서 소매치기라니?

엄청나게 간이 큰 놈인가 보다.

전방 백 미터 앞에서 돈주머니를 손에 든 사내가 열심히 달려오는 중이었고, 그 뒤를 풍성한 체구의 여인이 쫓고 있었다.

저러다 곧 잡히겠지 싶어서 난 신경을 끄려 했다.

그런데 다들 구경만 할 뿐 누구도 소매치기를 잡을 생각을 하지 않았다.

일반인은 그렇다 치자.

하다못해 치안대라도 소매치기를 잡아야 했다.

그런데 치안대의 모습이 보이질 않았다.

알페하임은 황제가 기거하는 곳이기에 그 어느 도시보다 치안이 좋기로 유명했다.

하나 지금은 흡사 무법도시를 보는 것만 같았다.

소매치기는 내 옆을 지나쳐 으슥한 골목으로 꺾어 들어갔
다.

"아무래도 저놈한테 옷 좀 빌려야겠다."

그러자 록시가 말했다.

"좋은 생각이야."

난 소매치기의 뒤를 쫓았다.

녀석은 구불구불하게 나 있는 여러 갈래의 골목길을 막힘
없이 뚫고 달려갔다.

아무래도 소매치기를 제법 많이 해본 놈 같았다.

한참 동안 도망치던 소매치기가 서서히 달음박질을 멈췄
다.

"후우, 이제 못 쫓아오겠지."

녀석은 안심하며 웃음을 흘렸다. 그러다 나와 눈이 마주쳤
다.

"…뭐, 뭐야 넌!"

"지나가던 사람인데."

소매치기는 화들짝 놀라 버린 자신의 모습이 부끄러운지
이를 빠드득 갈았다.

"그럼 그냥 지나가."

"응."

오래간만에 사용하는 제국의 언어였으나 전혀 어색함 없이 흘러나왔다.

난 녀석을 지나치는 척하면서 수도로 뒷목을 후렸다.

빡!

"컥……!"

소매치기는 단 한 방에 제압돼, 바닥에 엎어졌다.

"쉽네."

난 소매치기의 속옷만 빼고 전부 벗긴 뒤, 내 옷과 바꿔 입었다.

물론 여인에게서 슬쩍한 돈주머니도 챙겼다.

골목에서 빠져나오니 풍채 좋은 여인은 바닥에 주저앉아 펑펑 울고 있었다.

"아이고~! 아이고~! 그게 어떤 돈인데! 우리 아버지 약해 드릴 돈이라고, 이 망할 자식아! 아이고오! 대체 나라가 어떻게 되려고 저런 소매치기들이 제 맘대로 돌아다닌단 말이야! 황제께서는 대체 뭘하는 거냐고!"

여인은 바락바락 고함을 치며 아무렇지도 않게 황제를 욕하고 있었다.

그러자 이전까지 코빼기도 보이지 않던 치안대원 셋이 나타나 여인을 창으로 위협하며 둘러쌌다.

여인은 화들짝 놀라 치안대원들을 둘러봤다.

"이런 돼지 같은 년이 완전히 돌았군. 감히 황제 폐하를 입에 올려?"

여인은 치안대원의 말이 어처구니없는지 벌떡 일어서서 따지고 들었다.

"내가 소매치기 당했을 때는 어디서 죽치고 있다가 이제서 나타나서 뭐? 황제 폐하를 입에 올리냐고? 돼지 같은 년이라고? 당신들 대체 뭐하는 사람들이야! 뭐하는 거냐고!"

여인은 날카로운 창이 그녀의 몸을 노리고 있는데도, 아랑곳않고 바른말을 해댔다.

이미 눈이 확 돌아가 아무것도 보이지 않는 모양이었다.

하긴, 나 같아도 저런 상황에 처한다면 어처구니가 없을 것이다.

"아무래도 안 되겠군. 이 자리에서 즉결 처형한다!"

치안대원의 말에 세 자루의 창이 여인을 향해 날아들었다.

"그래 죽여라, 그냥 죽여!"

마지막 순간까지도 울분에 찬 여인.

창날이 그녀의 몸을 찌르려는 순간, 세 치안대원의 몸이 일시에 굳어 버렸다.

"너희 뭐, 뭐하는 거야?"

"그러는 대장님은 뭐하시는 겁니까?"

"모, 몸이 움직이지 않습니다!"

세 녀석은 패닉에 빠져 어쩔 줄을 몰라 했다.

죽음을 각오했던 여인도 이게 뭔 상황인가 싶어 눈을 동그랗게 떴다.

난 치안대원들에게 다가갔다.

그리고 놈들의 면상에다 주먹을 사이좋게 한 방씩 박아 넣었다.

퍼퍼퍽!

"악!"

"크어억!"

세 녀석은 비명을 지르며 사이좋게 나가 떨어졌다.

난 여인의 손에 도둑맞았던 돈주머니를 쥐어 주었다.

그리고 뻗어버린 치안대원 세 녀석을 다른 지역으로 멀리 보내 버리기로 했다.

괜히 나중에 또 여인을 찾아와 해코지를 하면 안 되니까.

내가 오른손을 휙 털자, 치안대원들의 모습이 사라졌다.

난 그들을 대륙의 남쪽 끝에 자리한 나라 자프란으로 보냈다.

다시 고향 밟으려면 고생깨나 해야 할 것이다.

아니, 어쩌면 그 전에 죽을지도 모른다.

자프란은 각국의 범죄자들이 국경을 넘어 도망치다가 정착해서 만든 범죄국가니까.

사실 다른 여타의 국가는 자프란은 제대로 된 독립국가로 인정하지 않는 실정이다.

아무튼 건투를 빌어야지.

돈주머니를 돌려받은 여인은 멍한 시선으로 날 바라보다가 아래위를 훑더니 크게 소리쳤다.

"내 돈 훔쳐 간 놈이 너지!"

"……."

아, 복장이 똑같구나, 참.

그나저나 이 아주머니도 눈썰미가 제법 좋네.

난 시끄러워지는 것이 싫어서 투명화 마법으로 모습을 감췄다.

그러자 여인은 귀신이라도 본 것마냥 펄쩍 뛰더니 사방을 살폈다.

주변에서 여인을 구경하던 이들도 덩달아 사방을 살피기 시작했다.

난 유유자적하게 그 자리를 벗어나 황실로 향했다.

*　　　*　　　*

도대체 내가 없는 동안 무슨 일이 벌어졌길래 나라가 이토록 엉망인지 모르겠다.

황실까지 걸어오는 동안 치안대원들이 제 할 일을 제대로 하는 꼬라지를 못 봤다.

반 이상이 대낮부터 얼큰하게 취해서 대로를 걸어다니는 가 하면, 몇몇은 길거리에 널브러져 잠을 자고 있었다.

그런 치안대원의 지갑을 슬쩍하려다 다른 치안대원에게 발각되어 그 자리에서 목이 잘리는 소매치기도 있었다.

또 다른 치안대원은 술집 여자들을 양팔에 하나씩 끼고서 여관으로 들어섰다.

치안대원뿐만이 아니었다.

일반 시민들도 차마 눈뜨고 보지 못할 짓거리들을 거리 구석구석에서 행하고 있었다.

으슥한 곳에서 남녀가 몸을 섞는 광경은 이제 대수롭지도 않았다.

치안대원이 있든 없든 부랑자들은 취객들의 주머니를 뒤졌고, 여기저기서 주먹다툼도 심심찮게 일어났다.

치안대원은 자신들에게 해만 끼치지 않으면 뻔히 범죄를 목격하고도 제지하지 않았다.

아니, 오히려 술에 취해 범죄의 현장을 구경하는 치안대원도 있었다.

"엉망이군."

"이건… 예전의 알페하임이 아니야."

록시가 내 말에 동의했다.

드디어 황성 앞에 다다랐다.

도시의 모습과 달리 황성의 경비는 삼엄하기 그지없었다.

성문 주변에만 열 명의 병사가 창을 꼬나들고서 매 같은 눈으로 주변을 살피고 있었다.

그뿐만이 아니었다.

대충 살펴보니 성의 정원에서부터 건물까지 별의별 마법 트랩들이 다 설치되어 있었다.

어디에 어떤 마법 트랩이 설치되어 있는지 모르는 사람은 성에서 마음 편히 발도 뗄 수 없을 정도로 말이다.

도시는 어찌 돌아가든 신경도 쓰지 않으면서 황실의 치안은 이토록 철저하게 해놓다니.

"그란돌 완전히 돌았구나."

이 정도의 마법 트랩을 설치할 수 있는 사람은 그란돌밖에 없었다.

황가를 몰락시키고 황실을 잡아먹어 버린 괴물.

야망에 가득 찬 더러운 인간.

지금 황제의 자리에 앉아 있는 이는 필시 그란돌일 것이다.

그리고 그란돌이 정권을 잡은 이후로 이 꼬라지가 되어 버린 것이고.

황실이 있는 도시가 이 모양일진대 다른 도시는 어떠하겠는가?

안 봐도 뻔할 뻔하다.

"소리엘만 찾아서 돌아가려 했었는데… 그냥 지나칠 수 없게 만드네."

"이 모습들을 보고서도 그냥 가겠다고 했으면, 나 화냈을지도 몰라."

"그래야 록시답지."

난 씩 웃고서 한 손을 크게 휘둘렀다.

그러자 성 내에 설치되어 있던 마법 트랩들이 일제히 사라졌다.

난 천천히 병사들에게 다가갔다.

지금 내 모습은 인비저빌리티 마법으로 감추고 있는 상태인지라 병사들은 내가 코앞에 서 있는지도 몰랐다.

'좀 놀래줘야겠군.'

폴리모프 마법으로 내 모습을 루시르 대륙에서 살던 황태자 라이아스 알자임의 시절로 바꿨다.

그리고 인비저빌리티를 해제했다.

"으악!"

"억!"

병사들은 갑자기 나타난 날 보고 화들짝 놀라 창을 들이댔다.

한 놈은 누구냐고 묻지도 않고 당장 내 목을 노리며 창을 찔렀다.

난 손톱으로 창끝을 때렸다.

따앙!

창끝에서 시작된 진동이 창대를 타고 올라가 녀석의 손목까지 전해졌다.

"으아악!"

드드득!

놈의 손목 안에서 요동치는 진동이 뼈를 가루로 만들었다.

창대를 떨어뜨린 병사의 턱을 올려 찼다.

뻑!

"끅!"

병사는 뒤로 날아가 굳게 닫힌 성문에 머리를 부딪치고 뻗었다.

녀석의 턱은 아작이 나 있었다.

그에 다른 아홉의 병사들이 일제히 내게 덤벼들었다.

하지만.

휙.

내 손짓 한 번에 놈들은 정신을 잃고 졸도했다.

슬립 마법이었다.

"진짜 멋있다, 유하."

"고마워, 록시."

이제는 질투를 하기보단 감탄을 해버리는 록시다.

그녀와 내가 처한 경지의 차이가 워낙에 크다 보니 시샘조차 나지 않는 것이겠지.

굳게 닫힌 대문을 지그시 바라보며 앞으로 걸었다.

철컹!

대문은 거짓말처럼 쉽게 열렸다.

정원으로 들어섰다.

땡땡땡땡땡!

시끄러운 종소리가 울리며 성 이곳저곳에서 병사들이 우르르 달려 나왔다.

놈들은 무서운 기세로 내게 달려들었다.

하지만 부질없는 행동이었다.

그들은 내가 쳐다보는 것만으로도 게거품을 물며 기절했다.

이번엔 마법을 사용한 것이 아니었다.

살기로 짓눌러 버린 것이다.

정원에 운집해 있던 오백여 명의 병사가 도미노마냥 쓰러지는 광경은 참으로 볼만했다.

난 황제가 기거하는 성 앞에 서서 크게 외쳤다.

"나와라, 그란돌!"

하지만 그란돌 대신 모습을 드러낸 것은 황실기사단 삼백의 병력과 황실마법사단 삼십의 병력이었다.

그란돌은 성의 5층 황제의 방에서 발코니에서 아래를 살피고 있었다.

그렇게 나온다 이거지?

"후우우우우우우!"

난 내 앞에 도열한 황실기사단과 황실마법사단을 향해 바람을 불었다.

그러자 거대한 태풍이 일어 삼백삼십의 병력을 집어삼켰다.

"으아아아악!"

"어어어억!"

태풍에 휩싸인 사람들을 하늘 높이 떠올라 정신없이 빙빙 돌았다.

난 정원 곳곳에 널려 있는 바위와 돌멩이들을 바라봤다.

그것들이 허공으로 떠올라 태풍 속에 스며들었다.

이후부터는 지옥도가 펼쳐졌다.

퍽! 와지끈!

"크악!"

"아아악!"

태풍에 잡아먹힌 기사와 마법사들은 돌멩이와 바윗덩이에

정신없이 얻어맞았다.

무서운 속도로 기류를 따라 뱅뱅 도는 돌멩이는 사람의 육신을 뚫고 들어갔다.

바윗덩이는 부딪히는 사람들을 족족 고깃덩이로 만들어 버렸다.

태풍 속에서 피와 뇌수, 뼛조각들이 튀어 나와 바닥으로 떨어져 내렸다.

난 태풍의 규모를 더 키웠다.

그러자 드디어 그란돌이 움직였다.

"퓨리 오브 더 헤븐!"

그란돌은 8서클의 전격 마법을 시전했다.

내 머리 위에서 집채만 한 벼락이 떨어졌다.

콰르릉!

초월의 영역을 밟지 못한 나였다면 저 벼락에 맞아 재가 되어 사라졌겠지.

하지만 지금은 다르다.

오른손을 위로 뻗었다.

쫘앙!

벼락이 내 손바닥에 맞아 여러 갈래로 찢기며 튕겨 나갔다.

튕겨 나간 벼락 다발들이 태풍 속에 섞였다.

지직! 지지직!

"으아악!"

"끄어어어……!"

퓨리 오브 헤븐은 결국 내가 아닌 황실기사단과 황실마법사단을 깨끗하게 전멸시켰다.

태풍은 그제야 사라졌다.

그란돌이 위에서 날 매섭게 쏘아보고 있었다.

엄청나게 늙었네.

얼굴에 주름이 자글자글하고 검버섯까지 가득한 것이 이제 살 날도 얼마 남지 않는 것 같은데?

난 허공으로 날아올랐다.

그리고 그란돌의 면전에서 멈춰 섰다.

내 얼굴을 가까이서 마주하게 된 그란돌의 눈이 크게 떠졌다.

"크흡!"

놀란 그란돌이 말도 제대로 못하고서 뒤로 주춤거리며 물러났다.

"오래간만이야, 그란돌."

"라이아스… 알자임?"

"황태자의 이름을 그렇게 막 불러도 되나? 못 본 사이 상당히 거만해졌군."

그란돌은 두어 번 눈을 끔뻑거리다가 묘한 미소를 머금

었다.

"네놈은 누군데 이런 발칙한 장난을 치는 것이냐. 정녕 죽고 싶은 게냐!"

"그란돌, 지금 상황이 이해가 잘 안 되는 모양인데, 죽고 싶냐는 협박은 더 강한 사람만 할 수 있는 거야."

"육신에 한 톨의 마나도 비축하지 못한 쓰레기가 어디서 내게 조잡한 눈속임을 벌이는 것이냐! 내 눈에 보이는 모든 것이 거짓이겠지! 이 더러운 짓거리를 그만두지 못하겠느냐!"

말로 해서는 안 되겠군.

난 그란돌의 머리채를 움켜쥐었다.

덥썩.

"음?"

그리고 녀석의 뺨을 후려갈겼다.

짜악!

"커억!"

그란돌의 얼굴이 홱 돌아가며 입으로 피 묻은 치아가 튀어나왔다.

놀란 그란돌에게 가래침을 뱉었다.

"카악! 퉤!"

철썩.

그란돌은 뺨에 눌어붙은 가래를 닦을 생각도 못하고서 날 노려봤다.

"이제부터 지옥이 시작될 거다."

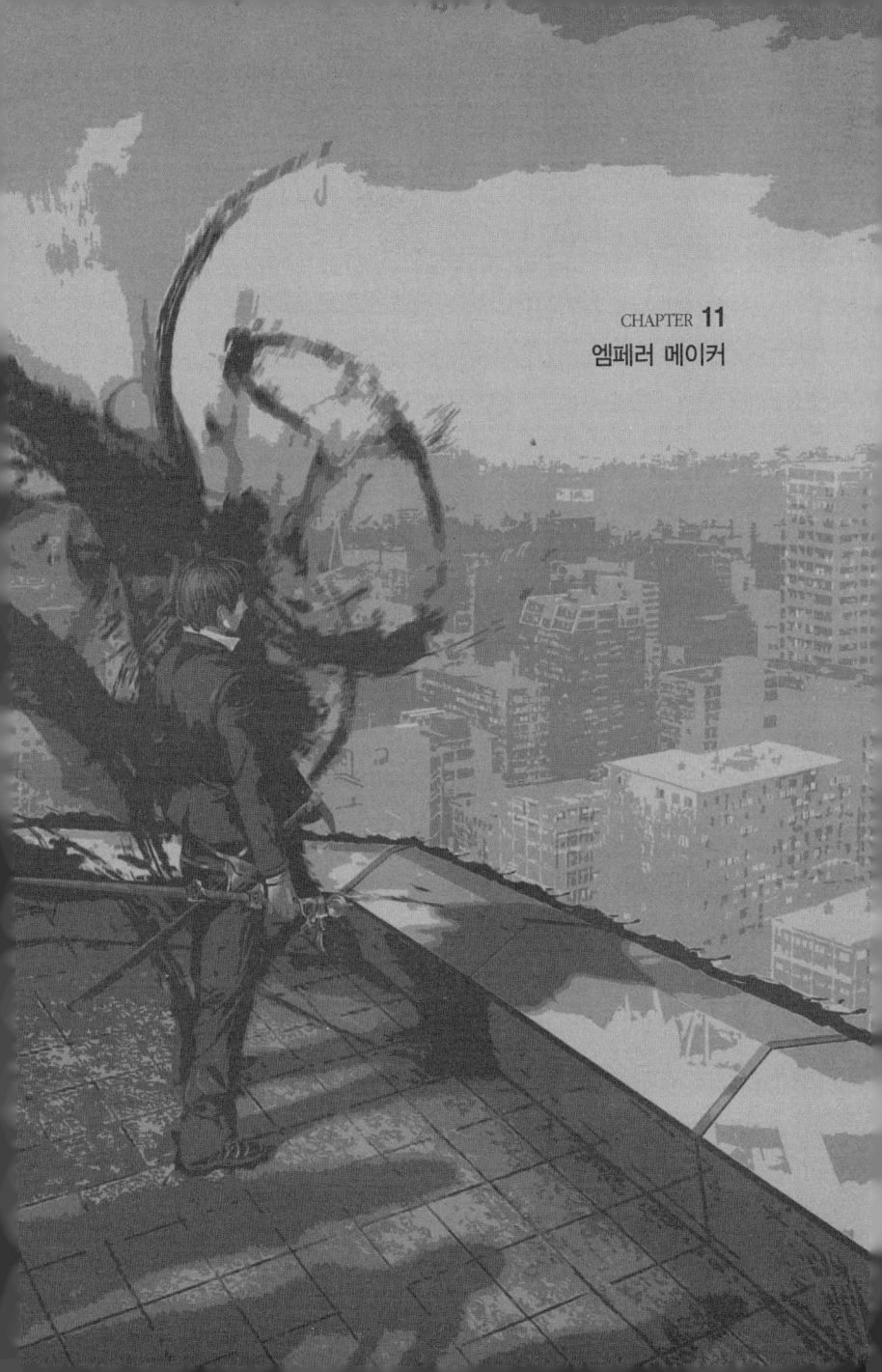

CHAPTER **11**
엠페러 메이커

그란돌은 피칠갑이 된 얼굴로 물었다.

"넌 누구냐."

"라이아스 알자임이다."

"웃기는 소리! 라이아스 알자임은 죽었다!"

"네 두 눈으로 날 똑똑히 보고 있으면서 그런 말이 나오나?"

"그 어리석은 녀석이 스스로 목을 매달아 자살하는 것도 똑똑히 봤지."

"그래. 난 분명 목을 맸었지. 네놈의 그 더럽고 추악한 음모에 빠져서.”

"라이아스의 시신을 내가 거두었고, 직접 화장도 시켰다.
그런데 네가 라이아스라고? 게다가 라이아스가 죽은 사십여
년 전이다. 한데 그때와 똑같은 얼굴을 하고 와서 자신을 라
이아스라 말하면 내가 믿을 것이라 생각했느냐?”

"그럼 믿지 말든지.”

믿어도 안 믿어도 상관없다.

어차피 그란돌이 내 손에 죽는다는 사실은 변함없기 때문
이다.

난 그란돌의 머리채를 잡은 손을 힘껏 당겼다.

"크악!”

그란돌이 그대로 끌려 나왔다.

"이노……!"

"시끄러워.”

내 한마디에 그란돌의 입이 막혀 버렸다.

녀석은 내게 머리를 잡혀 허공에 대롱대롱 뜬 채로 괴로워
했다.

시전어를 외치고 싶은데, 말이 안 나오니 당황스럽고 답답
할 것이다.

"네가 9서클 마스터라는 것만 믿고 까부는 모양인데, 내 앞
에서는 그따위 것 다 잔재주밖에 안 돼.”

"……?"

그란돌은 모르겠다는 얼굴이었다.

"마법으로 극의를 보았으니 초월의 영역에 갔다 온 적이 있겠지. 초월의 영역이 뭔지는 알아? 네가 9서클에 다다르는 순간 저도 모르게 느끼게 되었던 우주의 진리. 그것이 초월의 영역이다. 하지만 한 번 갔다 온 것으로는 진리의 일부분밖에 볼 수가 없지. 오하렌은 그 영역을 두 번 갔다 왔다. 그래서 마법을 시전하기 위해선 시전어를 외쳐야 한다는 법칙을 무시할 수 있었지. 그런데 난… 그 영역을 네 번이나 갔다 왔어."

"……!"

"이미 난 반신이 되었다. 그런 내게 있어 넌 아무것도 아니야. 그냥 힘없는 어린아이밖에 되지 않아."

"……."

"말을 할 수 없으니 답답한가? 입을 뚫어주지."

"푸하아!"

입이 열리자마자 그란돌이 한 말은,

"이것 놔!"

머리를 놔달라는 것이었다.

"재주껏 놓게 만들어 봐."

"디스트럭션 윈드!"

디스트럭션 윈드는 9서클의 바람계열 공격 마법이다.

시전하는 순간 모든 것을 파괴하는 강렬한 바람의 칼날들이 나타난다.

바람에 닿는 것들은 어떤 재질로 만들어진 물건이든 모두 파괴되어 버린다.

잘리는 게 아니라 말 그대로 산산조각이 나버리고 마는 것이다.

하지만, 디스트럭션 윈드는 시전되지 않았다.

나는 태연했고 그란돌은 놀라서 눈을 데굴데굴 굴렸다.

"뭘 그렇게 당황해?"

"이, 이럴 수는 없어. 말도 안 돼!"

"말이 돼."

빽!

그란돌의 복부를 무릎으로 찍었다.

"꺼억!"

놈의 입에서 토사물이 쏟아졌다.

"드럽게."

난 그란돌의 머리채를 놓았다.

"프, 플라이!"

공중부양마법을 시전하는 그란돌이었지만, 소용없었다.

난 녀석의 마법을 사용할 수 없도록 계속 간섭하고 있는 중이다.

"으아아악!"

그란돌은 지면이 가까워지자 미치도록 고함을 질렀다.

무려 5층이다.

이미 많이 노쇠한 그란돌이 그 높이에서 떨어져 땅에 부딪히면 필시 즉사하고 만다.

하지만 이토록 간단히 녀석을 죽일 생각은 없었다.

난 그란돌이 지면에 충돌하기 전, 빠르게 하강했다.

그리고 지면과 한 뼘 정도로 다가온 녀석의 옆구리를 걸어찼다.

뻑!

"끅!"

그란돌이 왕성의 벽에 부딪혀 널브러졌다.

"크으……."

"고맙지? 살려줘서?"

"네, 네 이놈… 지금 네가 무슨 짓을 하고 있는지 아느냐?"

"모르겠으니까 짖어봐."

"난 이 나라의 황제다. 제국의 황제란 말이다! 감히 황제의 몸에 손을 대? 그러고도 네가 살아남을 수 있을 거라 생각 하느냐!"

"그 전에 네가 먼저 죽을 것 같은데? 안 그래?"

난 오른손을 펼쳐 수박만 한 불덩어리를 만들어냈다.

그리고 그것을 그란돌의 얼굴에 가까이 가져갔다.

"크흡…!"

그란돌이 헛숨을 들이켰다.

"지금 네 처지가 어떤지 아직도 모르겠어? 주변을 봐봐. 황실기사단? 황실마법사단? 전부 전멸했어. 별 볼일 없는 병사들도 하나같이 바닥에 뻗었고. 물론 저게 황실에서 보유한 병력의 전부는 아니겠지. 하지만 더한 병력을 내보낸들 뭐가 달라질 것 같지는 않지? 너도 그렇게 느끼고 있을 거야. 그러니 직접 손을 쓰려 한 거겠지. 그렇지만……."

화르르르륵!

그란돌의 코앞에 있던 불덩어리가 더 커졌다.

"크흑!"

그란돌이 놀라서 고개를 뒤로 뺐다.

"아까도 말했듯이 나한테 넌 어린아이일 뿐이야. 뭐? 황제? 지랄하고 자빠졌네, 개새끼가!"

뻐억! 뻑! 뻑!

난 그란돌의 몸을 무자비하게 짓밟았다.

"크으… 으으윽!"

두득! 두드득! 뻐걱!

그란돌의 뼈가 시원한 소리를 내며 부러져 나갔다.

한데 그 와중에도 자존심은 있는지 그란돌은 내게 용서해 달라 빌지 않았다.

그래도 제국의 황제라 이거냐?

온갖 더러운 짓으로 황위를 빼앗아 놓고 품위를 유지하려 한다 이거지?

오냐.

내가 오늘 네 입에서 제발 살려달라는 말이 나오게 해주마.

너는 진짜 황제도 아니고 가짜 황제다.

자국의 시민들을 돌보지 못하는 황제가 어찌 황제라 할 수 있겠는가.

그렇게 이기적이고 자기 배만 불릴 줄 아는 녀석이 건방지 게 황제의 자존심을 지키려 들어?

아주 죽어봐라.

콰직!

우드득!

"끄아아악!"

*　　　*　　　*

난 반나절 동안 그란돌을 구타했다.

녀석이 정신을 잃을 것 같으면 깨워서 다시 때렸고, 죽을 것 같으면 죽지 않을 정도로만 치료해서 또 때렸다.

그란돌은 그때까지도 내게 목숨을 구걸하지 않았다.

확실히 황실을 넘볼 만한 기개가 있는 놈다웠다.

하지만 녀석도 인간이다.

인간이란 결국 고통에 가장 민감하게 반응하게 마련이다.

반나절이야 버티고 있지만, 이런 고통을 며칠이고 계속해서 쉼없이 받게 된다면 어떨까.

아마 미쳐 버리고 말 것이다.

미치기 전에 살려달라고 애걸복걸하든지.

정신이 무너지면 모든 것이 끝난다.

내가 그란돌을 구타하는 동안 황실의 정원엔 많은 사람이 모여들었다.

황실에 머물고 있던 재무대신들과 객으로 찾아왔던 귀족들, 그리고 집사와 시종장, 하인들까지 전부 나와 그란돌이 구타당하는 것을 지켜보고 있었다.

하지만 그 어느 누구도 날 말리지 않았다.

오히려 이참에 그란돌이 죽어버리기를 바라는 눈빛이었다.

시종들의 얼굴에선 분노와 통쾌함이 보였고, 다른 귀족들의 눈에선 차기 황권을 손에 넣고 싶어 하는 야심이 보였다.

결국 그란돌은 그런 인간이었다.

누구에게도 인정받지 못하고, 누구도 진심으로 그를 대한 적이 없는… 그런 불쌍한 인간.

그란돌은 내게 얻어터지는 것보다, 아무도 자신을 구해주려 하지 않는다는 사실에 더욱 충격을 받았다.

그의 정신이 급격히 무너져 갔다.

"봐라, 이게 현실이다. 아무도 네가 살기를 바라는 이는 없어. 넌 고작 그것밖에 안됐던 거야."

물론 몇몇은 그란돌을 구하려는 척이라도 했었다.

하지만 그들은 즉시 내 손에 여러 조각으로 찢겨 죽었다.

그들이 끌고 온 사병들 역시 똑같은 꼴이 되어 죽어 버렸다.

절대적인 무력과 잔인한 폭력 앞에 사람은 겁쟁이가 되고 만다.

지금 난 사신이나 다름없었다.

손가락 하나 까딱하는 것만으로 수십, 수백의 사람을 단숨에 죽여 버릴 수 있는 사신.

과거 역사에서 드래곤은 인간들에게 절대적 공포의 존재로 군림했었다.

그 탐욕스러운 존재들은 그저 더욱 많은 보석을 취하기 위해 이유도 없이 한 왕국을 짓밟기도 했다.

때문에, 사람들은 드래곤이 찾아왔다고 하면 두말 않고 고개를 조아려 보석을 있는 대로 긁어다 바쳤다.

천상천하유아독존인 절대적 존재.

그런 존재 앞에서는 아무것도 하지 못하는 게 사람이다.

지금 나는 그 드래곤들과 다를 바가 없었다.

"이런… 이런……."

그란돌은 의미없는 말을 내뱉었다.

정신이 붕괴되고 있다는 증거다.

지금의 그의 몰골은 처참하기 그지없었다.

치아는 거의 다 빠졌고, 얼굴은 피와 멍으로 떡칠이 된 데가가 광대와 코가 내려앉아 있었다.

턱도 살짝 돌아갔다.

귀 한쪽은 떨어져 나가 보기 흉했다.

사지의 뼈는 이미 부러진 지 오래다.

오장육부도 정상이 아니다.

바닥에 벌레처럼 축 처져서는 겨우 숨만 헐떡거리고 있었다.

난 그런 그란돌에게 말했다.

"내가 누구냐고 처음 봤을 때부터 물었지. 나 라이아스 알자임이다. 네 더러운 술수에 넘어가 멍청하게 자살을 했던 그 무용지물 황태자!"

"끄으으……."

그란돌은 신음을 흘리며 겨우 눈동자만 돌려 날 바라봤다.

"바르쳉의 안부가 궁금하지 않아?"

내 입에서 바르쳉이라는 이름이 나왔다.

비로소 그란돌이 내 얘기에 반응하기 시작했다.

"바르쳉과 손을 잡고 아주 재미있는 일을 꾸몄더군. 바르쳉은 플로라를 살리기 위해, 너는 황실을 찬탈하기 위해 둘이서 도저히 용서 못할 짓을 저질렀지."

"어떻게… 그걸……."

정신이 멀쩡했다면 배짱 좋게 모든 것을 부정하며 나 몰라라 했을 그란돌이었다.

하지만 지금은 아무 생각도 없이 이를 인정하고 말았다.

정상적인 사고가 되지 않는 것이다.

더 중요한 것은 지금 나와 그란돌의 대화를 그 자리에 있는 모두가 듣고 있다는 거다.

우리 두 사람의 목소리가 큰 건 아니었다.

하지만 그게 가능했다.

히어링 마법으로 모든 이들의 청력을 높여 버린 것이다.

여기저기서 사람들이 술렁거렸다.

난 계속 그란돌에게 말했다.

"넌 차근차근 황실에 너의 편을 만들어 나갔어. 충신들은 내쫓고 간신들을 끌어모았지. 그리고 바르쳉과 머리를 맞대고 수를 꾸며 흑마법사들이 다른 세상으로 넘어가 마왕을 부활시키려 한다는 헛소문을 퍼뜨렸어."

"……."

"사람들은 그 말을 그대로 믿고 오하렌 일행을 찾기 시작했지. 그들이 흑마법사들을 따라 다른 차원으로 넘어가 모든 일을 정리해 주길 원했어. 결국 오하렌 일행은 2년 동안 사람들의 목소리에 시달린 끝에 등 떠밀리듯이 다른 차원으로 향했지. 그때 넌, 황실을 비울 수 없다는 이유로 차원이동 마법진에 오르지 않았어."

그 대목에선 여기저기서 탄성이 터져 나왔다.

"그리고 오 년 뒤. 오하렌 일행을 귀환시키기 위해 차원이동마법진을 열어야 했지만, 넌 열지 않았지. 그래놓고는 오하렌 일행이 돌아오지 않는다는 것을 빌미로 새로운 신흥 강자 셋을 다시 다른 차원으로 보냈어. 결국 네가 황실을 찬탈하는 데 방해가 되는 이들을 전부 쫓아버린 셈이지. 그들은 다른 차원에서 루시르 대륙으로 돌아올 방법이 없었다. 오하렌이 대단한 마검사이긴 했지만, 그는 차원이동 마법진을 연구한 적이 없었으니까. 마법의 공식을 알지 못했지. 그 이후 넌 계획대로 황실을 손에 넣었고 스스로 황제가 되었어. 하지만 이제… 네가 처먹었던 모든 걸 토해내야 할 때야."

퍽!

"크악!"

다시 내 구타가 이어졌다.

*　　*　　*

숨 쉴 틈도 주지 않고 이어지는 구타 속에 비로소 그란돌이
백기를 들었다.

"그, 그만… 사, 살려줘. 살려줘……."

난 구타를 멈췄다.

그 말을 기다렸다.

자신의 위치나 입장 같은 것은 다 잊어버리고 살려달라고
비는 그 비참한 모습을.

"살고 싶어?"

"살려줘……. 크흐흑."

그란돌이 눈물을 보였다.

아무리 강한 척해보려 해도 이미 그는 죽음이 얼마 남지 않
는 노인이다.

육신이 약해지면 마음도 덩달아 약해진다.

게다가 자신의 밑에 있던 모든 이들에게 배신당했다.

그들이 보는 앞에서 내게 치욕적인 꼴을 당했다.

난 그란돌의 옷가지를 전부 벗겼다.

실오라기 하나 걸치지 않은 채 나신이 된 그를 들어 올려 벽에다 붙이고서 바닥에 떨어진 창을 양쪽 팔뚝과 복부에 꽂았다.

　푸푸푹!

　"끄으으……."

　"그란돌, 살려달라 했나? …웃기는 소리. 가장 비참하고 처참한 모습으로 죽어라."

　그때 여태껏 상황을 관망하던 록시가 물었다.

　"그런데 저 인간에게는 가족도 없나?"

　그러고 보니 그란돌의 핏줄로 보이는 인간이 없었다.

　그가 아무리 악한이라 해도 그의 자식들이 있다면 아비가 이런 꼴을 당하는데도 보고만 있을 리 만무하다.

　난 그란돌의 이마에 손을 댔다.

　그리고 그의 생각을 읽었다.

　"없어."

　"아무도?"

　"응, 핏줄을 원하지 않았어."

　"무엇 때문에?"

　"불임증. 여성을 임신시킬 수 없는 몸이었어. 이럴 경우엔 보통 양자라도 들이는데, 그란돌은 자신의 보호 아래 큰 양자가 권력에 눈이 멀어 배신할 것을 두려워 해 그러지도 않았어."

록시가 정원에 모인 귀족들을 바라보며 씁쓸하게 말했다.

"저 인간들이 그란돌의 죽음을 간절히 원했던 이유가 하나
더 있었네."

그란돌에게는 자식이 없다.

한마디로 차기 황제의 자리에 오를 황태자가 없는 것이다.

그렇다면 그란돌이 죽게 될 경우 먼저 황실을 차지하는 자
가 황제의 자리에 앉게 되는 것이다.

하지만…….

"너희는 아무도 황제가 되지 못한다."

정원에 있는 귀족들은 하나같이 내 아버지를 배신한 황실
의 역적이었다.

다들 그란들에게 붙어 모략질을 꾸미던 간신이었다.

예전과 달리 폭삭 늙어버린 귀족도 보였고, 변성기를 거치
던 어린 시절의 얼굴이 남아 있는 중년 귀족도 보였다.

황실을 무너뜨리는 데 일조한 귀족들은 사십여 년이 지난
지금에도 그란돌의 곁에 붙어 기생하고 있었던 것이다.

"다들… 죽어라."

난 정원에 모인 이들에게 분노를 담아 말했다.

그러자 하늘에서 어마어마한 번개 다발이 떨어져 내렸다.

콰르르르릉! 콰쾅! 쿠르릉!

"으아악!"

"크악!"

여기저기서 비명이 터져 나왔다.

살이 타는 냄새가 자욱하게 퍼졌다.

삽시간에 시종들을 제외한 귀족과 병사들이 전부 죽음을 맞이했다.

난 시종들을 훑어보며 나직이 물었다.

"황실을 떠나겠느냐, 이대로 죽겠느냐."

시종들은 공포에 질려 비명을 지르면서 정원을 빠져나갔다.

황실의 정원은 시산시해가 되었다.

그야말로 아수라장이 따로 없었다.

뻥 뚫린 황실의 성문 밖에서 몇몇 귀족들이 모여 안을 들여다보고 있었으나 감히 들어올 생각은 못했다.

난 걸음을 옮겼다.

내가 향한 곳은 황성 지하에 있는 감옥이었다.

이미 감옥 내부에 병사들은 아무도 없었다.

정원에서 벌어진 난리 통에 모두 뛰쳐나와 내 손에 죽거나 도망친 이후였다.

감옥에 갇혀 있는 사람들은 하나같이 내게 구원의 눈길을 보냈다.

난 철창의 문을 하나하나 뜯어가며 더 깊은 감옥으로 향했다.

사실 감옥에 갇힌 이들의 대부분은 내 아버지의 충신들이 대부분이었다.

다들 너무 늙고 노쇠했지만, 아버지를 모실 당시의 얼굴이 남아 있었다.

뚜벅. 뚜벅.

계속해서 걷던 난 가장 깊은 지하 감옥에 다다랐다.

지하 감옥엔 독방이 세 개가 존재했다.

독방의 두 개는 비어 있었는데 하나엔 사람이 갇혀 있었다.

이제 서른 중반 정도 되었을까?

그런데 그의 얼굴이 내가 라이아스로 살던 시절의 대공을 닮아 있었다.

난 그에게 다가가 물었다.

"넌 이름이 무엇이냐."

"팔레스토… 알자임."

청년이 힘없는 목소리로 대답했다.

하지만 날 바라보는 눈에는 총기가 가득했다.

육신은 깡마르고 보잘것없었지만, 아직까지 눈이 살아 있었다.

"팔레스토 알자임… 네 아비의 이름은 어찌 되느냐?"

"가리안 알자임."

가리안 알자임.

루페시안 알자임 대공의 아들.

루페시안 알자임은 내 아버지의 동생이었다.

그리고 가리안 알자임은 그의 아들로 당시엔 소공자였다.

즉, 팔레스토 알자임은 가리안 알자임이 자라서 낳게 된 아들이자 루페시안 알자임의 손주인 것이다.

"넌 어찌하여 이곳에 갇히게 되었느냐."

팔레스토는 계속 이어지는 내 질문에 느릿느릿 대답했다.

"연좌제……."

"연좌제라."

루페시안 알자임은 끝까지 황제를 지지하고 옹호했던 사람이었다.

아버지가 황제의 자리에 올라가게 되었을 때도 권력을 탐하지 않았다.

그는 묵묵히 자신의 자리에서 맡은 일을 해나가며 아버지를 충실히 보필했다.

그야말로 충신 중의 충신이었다.

하지만 그란돌의 계략으로 황제는 죽고, 나는 자살을 했다.

결국 황실을 손에 넣은 그란돌은 충신이었던 알자임 가문을 괴롭혔을 것이 분명했다.

"네 나이가 몇이냐."

"올해로 서른다섯."

"서른다섯?"

내가 고개를 갸웃거렸다.

그러자 팔레스토는 알아서 설명을 이어나갔다.

"할아버지께서 역적으로 몰려 처형당하시고 아버지는 어머니와 함께 성을 나와 도망치셨다. 그리고 15년 동안 숲 속에 조용히 숨어 살던 중 나를 낳으셨지. 한데 내가 태어나자마자 그란돌은 아버지를 찾아냈고, 어머니를 처형한 뒤, 나와 아버지를 이 지하 감옥에 따로따로 가두었다. 아버지는 2년 전, 감옥에서 숨을 거두셨다. 난 20년 동안 감옥에 갇혀 있었다."

20년.

실로 기나긴 시간이다.

보통 사람이었다면 20년간 독방에 갇혀 있을 경우 미쳐 버리고 만다.

하지만 팔레스토는 아니었다.

여전히 기회만 주어진다면 다시 날개를 달고 비상할 것 같은 기개가 엿보였다.

"팔레스토, 황제란 뭐라고 생각하느냐."

팔레스토는 착 가라앉은 심유한 눈동자를 나를 한참 동안 바라보다가 대답했다.

"국민들의 밑에 있는 자."

"……"

"그것이 내가 생각하는 황제다."

내 입에 절로 미소가 걸렸다.

난 잠긴 철문을 그대로 뜯어냈다.

철컹!

그리고 쇠사슬로 포박되어 있는 팔레스토를 풀어주었다.

팔레스토는 오랫동안 움직이지 않아 삐걱거리는 육신을 다루느라 힘들어 했다.

그런 팔레스토의 몸을 한차례 슥 쓸어 주었다.

그러자 비쩍 말라 있는 팔레스토의 몸에 살과 근육이 붙었다.

이제 그는 주먹으로 바위를 부술 수 있고, 바람처럼 빠르게 달릴 수 있을 것이다.

팔레스토가 눈을 휘둥그레 뜨더니 내게 물었다.

"어떻게… 한 겁니까?"

팔레스토의 말이 평대에서 존칭으로 바뀌었다.

난 그의 물음에 대답 대신 다른 말을 건넸다.

"네 선조는 황실의 진정한 충신이었다. 필시 네 아버지도 그랬을 것이고 너 역시 선조의 피가 흐르니 그리했을 거라 믿는다. 지금 알자임 황가는 무너졌다. 이제 네가 유일한 핏줄이다. 황제의 자리는 본래 알자임 가문의 것. 내 손수 대역적 그란돌과 그를 지지하는 더러운 무리를 몰아 내 목을 잘랐으니 이제 네가 황제의 자리에 오르거라."

말을 마치며 팔레스토의 머리 위에 손을 얹었다.

그리고 반신의 경지에 오른 내 힘을 조금 나누어 주었다.

하나 그것만으로도 팔레스토의 심장에는 7서클 급의 마나가 쌓였다.

팔레스토도 이를 느끼는 한 손으로 왼쪽 가슴을 쓸어내리다가 문득 물었다.

"···당신은, 당신은 누구십니까?"

난 빙그레 웃으며 대답했다.

"널 황제로 만들 사람이다."

CHAPTER **12**
소리엘과 발제프

현대강림마스터

난 황성에서 팔레스토와 한 달간 함께 지내며 시간을 보냈
다.

그 한 달이라는 시간 동안 팔레스토는 바뀌어 버린 세상에
적응을 해나갔다.

그리고 앞으로 황제로서 해나가야 할 일들에 대해 끊임없
이 공부했다.

나는 아직 수도 곳곳에 퍼져 있는 간신과 반란귀족들을 찾
아내어 모두 숙청했다.

그들을 처리하는 데 군대는 필요없었다.

오로지 혼자 움직여 빠르게 정리를 해나갔다.

내가 칼바람을 휘두르는 동안 팔레스토는 빠른 속도로 자신의 세력을 불려 나갔다.

팔레스토는 생각했던 것보다 사람을 파악하는 눈이 날카로웠다.

그는 수도에 기거하는 귀족들을 하나하나 만나고 다니며 그들이 자신과 함께할 수 있는 자들인지 아닌지를 파악했다.

그리고 믿어도 되는 귀족들은 전부 성으로 불러들여 관료 대신으로 삼았다.

팔레스토와 함께하게 된 관료대신들은 자신들과 교류하는 귀족들 중 믿음직한 이들을 다시 추천했다.

팔레스토는 추천된 이들을 모두 궁으로 불러들여 직접 만나보고 중용할 것인지 아닌지를 결정했다.

더불어 대륙에 이름있고, 신망있는 기사들을 물색해 황실 기사단을 다시 세웠다.

모자란 병사와 하인, 시종장들도 다시 뽑아서 채용했다.

황실은 팔레스토로 인해 빠른 속도로 복구되었다.

난 이만하면 되었겠다 싶어 슬슬 발을 빼기로 했다.

*   *   *

어두운 밤.

황실서고를 찾았다.

예상대로 팔레스토는 서고에서 독서를 하고 있었다.

"피곤할 텐데, 눈 좀 붙이지 그러나."

내 목소리가 들리자 팔레스토는 자리에서 벌떡 일어나 고개를 숙였다.

"오셨습니까."

"평대하라니까 끝까지 말을 안 듣는군."

"제가 아무리 황제의 자리에 올랐다 하지만, 그것은 모두 라스님의 덕입니다."

라스는 지금 내가 사용하고 있는 가명이었다.

팔레스토에게는 끝까지 내가 누구인지 알리지 않을 생각이었다.

그걸 알리게 되면 이리저리 설명해야 할 일들이 너무 많았다.

또한 알자임 왕가가 처했던 불운한 과거에 대해서도 얘기해 줘야 했다.

이미 충분한 고통을 당한 팔레스토 황제다.

그가 모르는 바르쳉과 그란돌 사이의 일까지 이야기해 더더욱 상처를 크게 벌리기는 싫었다.

아무튼 나는 팔레스토가 황제라고 해도 늘 그를 평대했다.

팔레스토에게는 내가 하는 것처럼 똑같이 평대를 하라 말했으나 그는 절대 그러지 않았다.

언제나 내게 깍듯했다.

"팔레스토, 나는 자정이 되면 이곳을 떠날 거야."

"…그렇습니까."

"이미 짐작하고 있었던 모양이군."

"네, 오래 계실 분이 아니라는 걸 알았습니다."

"역시 자네의 감은 무서워."

"이제 영영 보지 못하겠지요."

"그렇겠지. 난 루시르 대륙 어디에도 없을 테니까."

"하면… 어디로 가신단 말씀입니까?"

"내가 왔던 곳으로 가야겠지."

팔레스토는 궁금한 게 많은 얼굴이었지만 더 이상 묻지 않았다.

"알겠습니다. 그동안 정말 감사했습니다."

팔레스토가 담백하게 인사하며 고개를 숙였다.

난 그런 팔레스토의 등을 툭툭 쳐주었다.

그리고 서고를 나왔다.

그것이 팔레스토와 나의 마지막이었다.

*　　　*　　　*

기억의 신 리제바를 모시는 신전엔 사람의 기억을 지우는 신물 발제프가 보관되어 있고, 시간의 신 툴레하스의 신전엔 시간을 되돌리는 신물 소리엘이 보관되어 있다.

그런데 두 개의 신물 중 발제프는 누군가에게 도둑맞았다는 소문이 내가 라이아스 알자임으로 살아가던 시절부터 들려왔다.

지금 내게는 발제프와 소리엘이 모두 필요했다.

난 리제바의 신전부터 찾았다.

하얀 대리석으로 지어진 웅장한 신전 안에는 아무도 없었다.

오래전에 사람의 출입이 끊겼는지 내부가 먼지로 가득했다.

간혹 짐승들의 발자국만 찍혀 있을 뿐이었다.

"폐허로군."

"척 봐도 몇십 년 이상 방치되어 온 것 같은데? 건물이란 사람 손이 타지 않으면 빠르게 낡게 마련이야. 여태껏 무너지지 않은 게 용해."

록시의 말이었다.

"왜 이렇게 된 걸까."

"정말로 신물을 도둑맞았나 보지. 사람들이란 눈에 보이는 현상에 집착을 많이 하잖아? 그런데 리제바 신전의 상징이랄 수 있는 발제프가 사라졌으니 발걸음이 끊길 만도 하지."

"신물 하나 도둑맞았다고 망해 버리다니. 리제바 신도 허무하겠어."

"그러게."

"그래도 혹시 모르니 일단 샅샅이 뒤져 보자."

＊　　　＊　　　＊

난 신전의 지하까지 구석구석을 뒤졌지만 발제프는 찾을 수 없었다.

정말로 오래전에 도둑맞았단 얘기가 사실인 모양이었다.

"벌써 수십 년 전에 도난당한 발제프를 어디 가서 찾아?"

록시가 걱정스럽게 물었다.

하지만 난 걱정하지 않았다.

"찾을 수 있어."

"찾을 수 있다니?"

"신전에 남아 있는 기억을 찾아가면 돼."

"뭐?"

기억.

그것은 사람에게만 허락된 특권이 아니다.

세상에 있는 모든 물건에도 기억이라는 것이 존재한다.

난 손으로 신전의 바닥을 짚었다.

그러자 신전이 세워진 이후부터의 기억들이 일제히 내 머릿속으로 흘러들어왔다.

그 기억들 속엔 발제프를 훔쳐 가는 사람의 영상도 있었다.

한데 발제프를 훔쳐 간 이는… 다름 아닌 그란돌이었다.

"그란돌이… 발제프를 훔친 범인이었어."

"그게 정말이야?"

록시가 물었다.

"응, 이제부터 그란돌의 뒤를 쫓아갈 거야."

신전에서 나온 난 대지에 스며든 기억을 읽으며 그란돌의 발자취를 쫓았다.

그리고 도착한 곳은 수도 북쪽 깊은 숲 속에 숨겨져 있는 동굴이었다.

굴 안에는 아무도 없었다.

하지만 가끔씩 사람이 다녀간 흔적은 있었다.

바닥에는 가재도구와 여러 가지 실험도구가 어지럽게 널려 있었다.

"발제프는……."

동굴속의 기억을 읽었다.

그란돌은 동굴 내부에 마법을 시전해 비밀공간을 만들어

발제프를 숨겨 놓았다.

난 기억 속에서 본 동굴의 벽을 손으로 어루만졌다.

그러자 벽이 사라지며 사람 한 명이 기어 들어갈 만한 작은
입구가 생겼다.

그 속으로 들어가니 영롱한 무지개 빛을 발하는 엄지손가
락 크기의 아름다운 보석, 발제프가 보였다.

"찾았다."

난 발제프를 품에 잘 챙겨 넣고 동굴을 나왔다.

"그란돌은… 발제프를 훔쳐서 그것으로 기억을 지우는 약
을 만들어 몰래 판매 루트를 구축해서 팔아왔던 거야."

"응, 황실을 장악하는 데 필요한 자금을 만들기 위해서."

"자금이 있어야 탐욕에 눈이 먼 귀족들을 쉽게 포섭할 수
있을 테니까."

"실제로 기억을 지우는 약, 기억의 눈물은 엄청나게 팔렸
으니까. 자금을 마련하는 데는 충분했겠지."

"진짜 진력나는 인간이야. 황실을 잡아먹으려고 얼마나 많
은 계획을 사전에 짜두었던 건지."

록시의 말에 심히 동감한다.

*　　　*　　　*

소리엘은 발제프보다 훨씬 쉽게 손에 넣을 수 있었다.

시간의 신 툴레하스를 모시는 신전에 잘 보관되어 있었던 것이다.

발제프는 보석이었지만 소리엘은 작은 창의 모양을 하고 있었다. 크기가 내 팔뚝의 반도 되지 않아 흡사 창의 미니어처처럼 보였다.

특이한 점은 그뿐만이 아니다.

창의 손잡이 끝 부분엔 보랏빛의 소라껍데기가 붙어 있었다.

뱅글뱅글 소용돌이치는 껍데기의 중앙엔 시계 바늘 같은 것이 하나 박혀 있었다.

인적이 드문 새벽에 신전으로 숨어들어 소리엘을 챙긴 다음, 소리엘이 있던 자리에 영구적으로 환상 마법을 시전했다.

이제 사람들은 계속 소리엘이 잘 보관되어 있다고 생각할 것이다.

두 개의 신물을 모두 얻은 난 차원이동마법을 시전했다.

허공에 지구로 통하는 차원의 문이 열렸다.

난 그 안으로 몸을 던졌다.

*   *   *

나와 록시는 지구의 호명산으로 되돌아왔다.

그런 나를 호명신령이 반겨주었다.

"신령보다 더 신령 같은 녀석일세? 귀신처럼 사라지더니 바람처럼 나타나고 말이야."

난 그런 호명신령에게 그저 미소만 지어 보였다.

그에 날 자세히 관찰하던 호명신령이 화들짝 놀라 납작 엎드리더니 머리를 땅에 조아렸다.

"커헉! 제, 제가 높은 분을 몰라 뵙습니다!"

"괜찮아요."

난 호명신령의 어깨를 툭툭 두들겨 주었다.

"저분 갑자기 왜 저래?"

록시는 한순간 달라진 호명신령의 태도가 이해되지 않는 모양이었다.

─내가 호명신령보다 높은 입장이 되었으니 당연히 저래야지. 호명신령은 그저 산신령일 뿐이고 나는 반신이잖아.

"그렇구나. 아무튼 갑자기 행동이 확 달라지니까 되게 적응 안 된다."

호명신령은 당최 일어날 생각을 않고 있었다.

"이제 그만 일어나세요."

"넵!"

내 명령이 떨어지자 그제야 일어나는 호명신령이었다.

"전처럼 편하게 대해도 됩니다."

"그건 절대 있어서는 안 되는 일입니다. 전 그렇게 하지 못하겠습니다."

"그럼 편하신 대로 하세요."

"저… 존대를 쓰는 것도 불편하고 그렇다고 말을 놓자니 그것 역시 불편합니다."

"그럼 어쩌라는 건가요?"

"이도저도 다 불편하니… 무례를 무릅쓰고 저는 이만 사라지겠습니다!"

호명신령은 바람이 되어 도망쳤다.

"쿡!"

그 광경을 보며 록시가 웃음을 터뜨렸다.

"참 유쾌한 신령이야, 그치?"

"응. 유쾌해, 많이."

자, 이제 잡담은 그만할 때다.

난 품 안에서 발제프와 소리엘을 꺼내 들었다.

"우선은… 소리엘이지."

발제프는 다시 품속에 갈무리한 뒤, 작은 창 모양의 소리엘을 높이 들어올렸다.

"소리엘, 록시와 나, 두 사람을 제외한 모든 시간을 뒤로 돌려줘. 내가 원하는 바로 그 시점으로."

난 소리엘에게 간절히 소원을 빌었다.

동시에 손잡이 끝에 달린 소라껍데기의 시계바늘을 손가락으로 빙글빙글 돌렸다.

순간 바람이 멎고 흔들리던 나뭇잎이 밀랍처럼 굳어버렸다.

밤하늘의 별도, 달도, 구름도, 주변에서 울어대던 벌레들까지 정적을 지켰다.

그리고… 시간이 거꾸로 흐르기 시작했다.

CHAPTER **13**
시간을 거슬러

정신을 차렸을 때, 내 손에 쥐어져 있던 소리엘은 사라지고
없었다.

하늘은 아직도 찬란한 별이 빛나는 밤이었다.

나는 가드 마스터의 기지 위에 발을 딛고 서 있었다.

내 뒤엔 록시, 아자린, 프리린이 보였다.

록시는 날 보며 미소 지었고, 아자린 프리린은 긴장한 기색
이 역력한 얼굴로 앞을 응시하고 있었다.

내 앞엔 메제르시엘의 대원들이 포진해 있었다.

제로는 이미 마태자를 몸에 받아들인 상태였다.

그리고… 아버지, 어머니를 비롯한 가드 마스터의 전 대원이 잔뜩 긴장한 채 메제르시엘과 대치한 채 서 있었다.

"됐어… 성공이야."

돌아왔다.

소리엘이 나를 모두가 살아 있던 그 시간으로 돌려놓아 주었다.

그때 제로가 말을 했다.

"저는 바르쳉님의 명을 따르도록 만들어진 키메라 제로. 무슨 명이든 충심으로 받들겠습니다."

"그게 무슨 미친 소리냐!"

이도진이 소리쳤다.

과거와 똑같았다.

"제로! 정신 차리게!"

맥클린이 마태자의 몸을 잡고 흔들었다.

'위험해!'

과거에서 마태자는 바로 이 타이밍에 맥클린의 머리를 무자비하게 부숴 버렸다.

나는 똑같은 일이 되풀이되기 전에 맥클린을 마태자에게서 떨어뜨려 놓기로 했다.

내가 맥클린을 바라보는 순간 그의 몸이 허공으로 둥실 떠올라 아버지의 곁으로 떨어졌다

"바, 방금 뭐지?"

맥클린이 당황해서 중얼거렸다.

그사이 마태자는 오하렌을 마기로 친친 묶어버렸다.

맥클린은 살았지만 오하렌은 전과 똑같이 산산조각이 나서 죽음을 맞이하고 말았다.

물론 오하렌이 죽기 전 바르쳉과 나누었던 대화들도 다시 한 번 똑같이 오고갔다.

아무튼 바르쳉의 손에 오하렌이 죽자 경에 가드 마스터 대원들은 충격에 빠졌다.

그 면면들을 즐기며 바르쳉이 비장한 목소리로 말을 꺼냈다.

"너희는 지금 새로운 역사의 시작을 두 눈으로 직접 보고 있는 것이다. 영광으로 생각하거라."

전에는 그토록 위협적으로 들리던 저 말이 지금은 정말이지 가소로웠다.

"하, 하하! 하하하하하하하!"

과거로 돌아온 것이 기뻐서, 그리고 바르쳉이 우스워서 크게 웃음이 터져 나왔다.

그런 날 메제르시엘은 물론이고 가드 마스터의 대원들까지 의아한 얼굴로 바라봤다.

그러다 아버지가 벼락처럼 외쳤다.

"아들아! 네 마나가 어찌 된 것이냐!"

갑자기 느껴지지 않는 마나 때문에 적잖이 놀란 모양이다.

아마 지금의 아버지에겐 내 마나가 한순간 증발한 것처럼 느껴지겠지.

아버지뿐만 아니라 다른 대원들도 그럴 것이다.

난 아버지를 보며 미소 지었다.

"걱정 마세요."

"걱정 말라니!"

아버지는 당장 내게 달려와 앞을 가로막고 섰다.

아버지의 등이 오늘처럼 넓어 보인 적은 없었다.

"도망쳐라, 아들아."

아버지가 나직하게 말했다.

하지만 지금의 난 도망칠 필요가 없었다.

"참 꼴 보기 싫은 부정이군. 마태자!"

아버지가 내 앞을 가로막고 서면서부터 과거가 바뀌기 시작했다.

원래는 아버지와 어머니가 가장 마지막에 죽음을 맞이한다.

하지만 지금 바르쳉은 마태자를 움직여 아버지의 숨부터 끊으려 들고 있었다.

물론 그냥 두고 볼 내가 아니다.

마태자의 몸에서 뿜어져 나온 검은 마기가 아버지에게로 날아들었다.

아버지는 그 마기를 받아쳐 낼 심산인지 주먹을 말아 쥐었다.

하지만 그리하면 결국 아버지의 주먹만 산산조각 날 뿐이다.

난 신형을 날려 아버지의 앞에 섰다.

"이 멍청한 아들놈아!"

아버지는 다시 내 앞에 서려 했다.

그러나 마기가 먼저 내 몸에 충돌했다.

아니, 충돌할 뻔했다.

마기는 허공에 뿌려진 무형의 기운에 막혀 산산이 흩어졌다.

"…무슨!"

바르쳉이 놀라서 소리쳤다.

"바르쳉, 너와 손잡고 못된 짓을 계획하던 그란돌은 지금 어찌 지내는지 궁금하지 않아?"

"그걸… 네가 어떻게!"

"네 입으로 전부 말해줬거든."

"뭣이?"

"내가 아직도 마태자나 너 따위한테 벌벌 떨던 설유하로 보여? 아, 물론 한 번은 죽을 뻔했지. 하지만 가까스로 살아났어. 게다가 죽었던 사람들도 전부 살려냈지."

바르쳉의 미간이 확 구겨졌다.

그는 심각하게 무언가를 고민하더니 고개를 절레절레 흔들며 입을 열었다.

"설마… 설마 네 녀석… 미래에서 과거로 돌아왔다는 얘기냐?"

"소리엘을 알고 있지?"

"시간의 신 툴레하스의 신물!"

"루시르 대륙에 넘어갔다 왔지. 그란돌은 황제 놀음에 푹 빠져 있길래 흠씬 두들겨 패줬어. 결국 죽어버리더군. 그란돌을 따르던 귀족들도 전부 찢어 죽였어. 그리고 알자임 가문의 핏줄에게 황제의 자리를 인계했지."

"대체 네가 어떻게……!"

"오하렌처럼 초월의 영역을 갔다 왔거든. 그것도 네 번이나. 그랬더니 엄청나게 강해지더라고. 지금의 마태자는……."

내가 손을 뻗어 마태자를 겨누었다.

그러자 마태자의 머리가 수박처럼 터져 나갔다.

"상대도 안 될 정도로."

"마, 마태자!"

머리가 날아간 마태자는 힘없이 바닥에 쓰러져 살충제 맞은 파리마냥 파르르 떨었다.

"이런… 말도 안 되는 일이!"

"미안한데, 말이 돼."

내가 바르쳉에게 다가갔다.

그러자 사천왕이 튀어나와 바르쳉의 앞을 가로 막았다.

"왼쪽부터 차례대로 사천왕 중 서열 4위 초월왕 쇼타, 서열 3위 뇌전창 아슬랑, 서열 2위 가즈애로우 람, 서열 1위 일루전 소드 로하스지?"

사천왕은 그걸 어찌 아냐는 얼굴이 되었다.

"네놈들의 손발이 오그라드는 자기소개, 더는 듣고 싶지 않거든?"

난 두 손을 앞으로 뻗으면서 소리쳤다.

"그러니까 그대로 사라져!"

내 손바닥에서 나온 강렬한 기운이 사천왕을 덮쳤다.

녀석들은 그 기운을 피하고 자시고 할 여유마저 없었다.

"으, 으아악!"

"꺄아악!"

사천왕의 사지가 뚝뚝 잘려 나갔다.

뱃가죽이 갈라지며 내장이 쏟아졌다.

목이 잘리고 머리가 터졌다.

그야말로 눈 깜빡할 시간에 처참히 분해되어 죽어버렸다.

"아들아… 너 대체 어찌 된 것이냐."

"나중에 자세히 설명해 드릴게요, 아버지. 지금은 어머니 곁에 가 계세요."

"…알겠다."

비로소 아버지는 날 믿고서 어머니의 곁으로 돌아갔다.

"와우! 무슨 일이 벌어진 건진 모르겠지만 정말 멋져 유하자기! 만약에 오늘 여기서 살아남는다면 앞으로 밤이면 밤마다 날 가져도 좋아! 아항~!"

…미안하지만 사양하겠어, 섹시랭.

"유하님… 혼자만 멋진 척, 개똥폼은 다 쳐 잡고 더럽게 마음에 안 드는데요…. 그래도 전쟁에서 이기기만 한다면… 살아남는다면 제가 하루 종일 업어 드리고 싶은데요."

황지혁이 날 업어준단다.

그러나 난 남자에게 업히는 취미 없으니까 패스다.

"바르쳉."

"이노옴!"

바르쳉이 일갈을 내지르며 기습적으로 사령력을 분출시켰다.

사령력은 정확히 록시와 아자린, 프리린에게로 향했다.

하지만 사령력은 내 손짓 한 번에 모두 사라졌다.

"편히 죽을 거라는 기대 따윈 하지 마라."

바르쳉에게 경고를 날리는 순간 그의 뒤에 서 있던 메제르시엘의 대원들 중 반 정도의 머리가 일제히 터져 나갔다.

퍼억! 퍽! 퍽!

"……!"

바르쳉은 할 말을 잃어 버렸다.

"어디 보자. 전부 다 사람은 아니었네. 삼분의 일 정도는 키메라였어. 여자 키메라도… 다섯이나 되네?"

난 다섯 명의 여자 키메라 중 몸매와 얼굴이 반반한 셋을 빼놓고 나머지 키메라의 육신을 전부 썰어 버렸다.

서걱! 서걱! 서걱거!

아무것도 없던 허공에서 갑자기 생겨난 바람의 칼날이 키메라의 몸을 토막 냈다.

거기서 끝이 아니었다.

살아남은 메제르시엘의 대원들은 이번엔 머리가 아닌 뱃가죽이 터져 나가 내장을 쏟으며 괴로움에 발버둥치다 죽어야 했다.

이제 남은 여자 키메라 셋과 바르쳉 하나뿐이었다.

"내가… 꿈을 꾸는 건 아니겠지?"

"내 뺨을 꼬집어 본 결과, 아파!"

"꿈이 아니야, 형님들!"

뒤에서 일성, 이성, 삼성, 세쌍둥이의 대화 소리가 들렸다.

"쿨하게 다 없애 버려!"

이건 랑시의 목소리.

이번 전투가 끝나면 랑시에게는 반드시 고맙다는 인사를 전할 생각이다.

그녀 덕분에 싱크로 드림의 비밀을 풀었고, 차원의 영역을 넘었으며 반신이 되었다.

그 결과 루시르 대륙에 넘어가 망가져 버린 세상을 바로잡았고, 발제프와 소리엘도 가져올 수 있었다.

그리고 지금.

한 번 겪었던 처참한 과거를 모두 바꿔 놓으려 한다.

"죽어라, 바르쳉."

내 입에서 터져 나온 말이 명령이라도 되는 것처럼, 바르쳉의 왼쪽 가슴과 복부에 커다란 구멍이 뚫렸다.

"쿨럭!"

바르쳉이 기침과 함께 검은 피를 토해냈다.

녀석은 힘없이 비틀거렸다.

"죽으라고."

또다시 난 녀석에게 죽으라 일렀다.

동시에 바르쳉의 머리가 터져 나갔다.

퍼석!

그것으로 끝이었다.

루시르 대륙에서부터 엄청난 음모를 꾸미며 지구로 넘어온 바르쳉.

지구의 최고지배자가 되어, 인간들을 자기 발밑에 두려 했던 바르쳉.

궁극적으로 그 인간들의 생명을 희생시켜 플로라를 되살리려 했던 바르쳉.

그 바르쳉은 너무나 허무하게도 죽음을 맞이했다.

이제 남은 것은 세 명의 여자 키메라밖에 없었다.

그녀들은 한참 전부터 움직이지 못하고 석상처럼 굳어 있었다.

내가 움직이지 못하도록 미리 손을 써둔 탓이다.

난 아공간을 열어 여자 키메라 셋을 모두 집어넣었다.

그에 맥클린이 내게 물었다.

"너 그건 뭐하러 챙기냐? 죽여 버려야지!"

"다 쓸 데가 있어서 그럽니다."

그러자 솔초아, 솔초리 자매가 음흉한 표정을 지었다.

"혹시, 그 여자들한테!"

"밤마다 이상한 짓 하려고!"

"절대 아니야! 정신 차려요. 제가 아공간에 집어넣은 세 명의 여인은 사람이 아니라 키메라예요. 개인적으로 바르쳉이 만든 키메라를 연구해 볼 필요가 있어서 가져가는 거니까 다들 안심하시라구요."

"아니, 그거야 네가 알아서 할 일이지. 걱정하지 않는다. 다만… 난 갑자기 변해 버린 네 모습에 대해서 설명이 필요할 것 같다고 느낄 뿐이야."

난 함박웃음을 짓고서 가드 마스터 대원들을 둘러봤다.

"다들 기지로 돌아갈까요? 사령실에서 모이죠. 조금 긴 얘기가 될 거예요."

CHAPTER **14**
새로운 육신

현대 강림 마스터

하루가 지났다.

나는 지금까지 일어났던 일들을 밤새 가드 마스터의 대원들에게 들려주었다.

내 얘기를 모두 듣고 난 대원들은 도저히 믿을 수 없다는 표정들이었다.

하지만 또 안 믿을 수도 없는 것이, 내가 정말 반신의 경지에 올라 메제르시엘을 너무나 쉽게 정리해 버렸기 때문이다.

다들 혼란스러워 하고 있는 와중, 아버지는 어찌 되었든 누구도 죽지 않고 승리했으니 만사 잘된 것이라는 말로 이 상황을 일축시켰다.

아버지의 말에는 묘한 설득력이 있어서 다들 그것으로 수긍하고 넘어가는 분위기였다.

어머니는 연신 내가 자랑스럽다며 품에 껴안고 놓아주질 않았다.

한 시간 동안 어머니에게 시달리다가 사령실을 나왔다.

아버지가 졸려 죽겠으니 그만 같이 자러 가자 말하지 않았다면 아직도 난 어머니 품에 안겨 있었을 것이다.

한데 시련은 거기서 끝이 아니었다.

사령실에 나오자마자 나를 따라온 가드 마스터의 대원들이 돌아가며 진한 포옹을 퍼붓기 시작했다.

여자도, 남자도 그냥 정신없이 날 자기네 가슴팍에 처박았다.

으, 피곤해.

*　　*　　*

"…그런고로, 가드 마스터는 존재 의의를 잃었으니 오늘로서 해체합니다."

오후 두 시.

맥클린은 기지에 있던 대원들을 전부 사령실로 불러 모으더니 돌연 가드 마스터의 해체를 명령했다.

하지만 그에 대해 불만을 토로하는 이들은 아무도 없었다.

"다들 이제는 일상으로 돌아가 자신들의 능력을 숨기고 일반 시민으로서 열심히 살아주길 바랍니다. 이상."

말을 마친 맥클린이 미련없이 사령실을 나갔다.

그 뒤를 따라 이도진과 곽태성이 걸음을 옮겼다.

아버지와 어머니도 밖으로 나가 버렸다.

굵직굵직한 사람들이 나가고 나서, 남겨진 사람들은 쉽사리 발을 떼지 못했다.

"뭔가 기분이 이상하다. 가드 마스터가 내 인생의 전부라고 생각했었는데."

상황극 마니아 엘린의 말이었다.

"그러게 말이야."

"동감이다."

근육 마법사 듀오, 서대호와 이재성이 엘린에게 동의했다.

"여기서 이러고 있는다고 가드 마스터가 해체되지 않는 것도 아니니 이런 대화를 주고 받는 건 시간 낭비라고 생각됩니다만."

방상진은 여전히 마이 페이스를 지켜나갔다.

그는 대원들을 한 번 휙 둘러보고서는 사령실을 나섰다.

"나, 나도 어제 보다 만 야동이 있어서 그만 가야 할 것 같은데요… 혹시 또 만날 일이 있다면 그땐 기지가 아닌 다른 장소에서 만났으면 하는데요."

황지혁도 나갔다.

그러자 다른 사람들도 하나둘 사령실을 떠나갔다.

최후까지 남아 있는 사람은 결국 내가 되었다.

난 사령실의 모습 하나하나를 눈에 담았다.

*　　*　　*

부모님과 함께 집으로 돌아왔다.

아버지는 내 집에 들어서자마자 나더러 나가라고 했다.

"여기가 제 집인데 나가라니요?"

"이제부터 애비 집이다. 난 네 어미와 둘이 살 테니 너는 당장 나가라. 돈도 많이 벌어놨을 테니 집이야 당장에라도 구할 수 있을 것 아니냐."

"아버지… 제발 상식적으로 행동을……."

"그럼 나가지 말든지."

말을 마친 아버지가 갑자기 어머니에게 키스 세례를 퍼부었다.

"아들이 보고 있는데 지금 뭐하시는……."

그런데 어머니도 그런 아버지를 거부하지 않았다.

이건 뭐, 난 거의 투명인간이었다.

두 사람은 아들이 있든 없든 뜨거운 키스를 나누었다.

그러다가 점점 더 민망한 장면이 연출되려 하고 있었다.

"에이잇!"

난 분노의 외침을 남겨둔 채, 내 집을 버려야 했다.

*　　*　　*

아무리 돈이 많아도 당일 새로운 집을 찾아 들어가기는 힘들다.

결국 난 차를 끌고 나와 근사한 호텔에 방을 잡았다.

록시 일행은 당연히 나를 따라왔다.

아… 물론 아자린을 끌고 오기가 조금 힘들긴 했다.

어머니와 아버지의 뜨거운 장면을 목격하고 말겠다며 어찌나 떼를 쓰든지.

"자, 그럼 신천지교의 교도들을 정리할 차렌가?"

"아, 그리고 보니 그 인간들이 남아 있었네? 어떻게 할 건데?"

난 품에서 발제프를 꺼내 아자린에게 보여주었다.

그러자 아자린 눈을 두어 번 꿈뻑거리다가 물었다.

"뭐야, 이 무지개 빛 보석은?"

"발제프."

"발제프? 서, 설마! 기억의 신 리제바의 신물?"

"응, 그거야."

"루시르 대륙에서 발제프까지 가져오셨구요? 누군가에게 도둑맞았다 들었는데, 그걸 찾아오시다니 대단해요, 유하님! 소문으로 듣던 것처럼 정말 예쁘네요. 아아, 반해 버리겠어요."

프리린이 발제프에 열광했다.

"확실히 예쁘긴 하네."

아자린도 탐욕 가득한 시선을 던졌다.

으윽, 이대로 두다간 발제프를 둘 중 한 명에게 빼앗길 지도 모른다.

난 얼른 발제프의 능력을 발동시키기로 했다.

발제프를 두 손바닥으로 포개 하늘 높이 들고서 큰 소리로 소원을 빌었다.

"지구에서 살아가는 사람들의 머릿속에서 신천지교에 대한 모든 기억을 지워줘."

내 소원이 전해지자 발제프가 찬란하게 빛을 발했다.

그 빛은 점점 더 강렬해졌고, 나중엔 눈을 제대로 뜰 수 없을 정도가 되었다.

그에, 살짝 눈을 감았다가 다시 떴을 때, 내 손 안에 있어야 할 발제프는 사리지고 없었다.

"이제… 된 건가?"

내 물음에 아자린이 머리를 긁적였다.

"난 아직 신천지교에 대해서 잘 알고 있는 것 같은데?"

"저두요."

두 여인이 답답한 소리를 해대자 록시가 타박을 놓았다.

"유하의 소원은 지구에서 살아가는 사람들에게만 해당되잖아. 우리가 사람이냐?"

"…아니지."

"갑자기 슬퍼지네요."

갑자기 아자린과 프리린이 우울해지고 말았다.

"얘들아, 잠깐만. 나, 발제프의 능력이 제대로 발동된 건지 보고 올 테니까. 록시, 얘들 기분 좀 잘 풀어줘."

난 우울증 환자 두 사람을 록시에게 맡긴 뒤, 호텔을 나섰다.

＊　　　＊　　　＊

발제프의 능력은 성공적으로 발휘되었다.

신천지교 본당에 직접 들러 그 안에 있던 신도들이 우왕좌왕하는 것을 직접 목격했다.

그들은 자신들이 왜 거기 있는 것인지 도통 모르겠다는 얼굴들이었다.

이것으로 신천지교도들의 문제는 깨끗이 해결되었다.

난 홀가분한 마음으로 호텔에 돌아왔다.

그런데 여전히 아자린과 프리린은 우울증 환자 모드였다.

"이제 우리는… 2년 4개월 후에 승천해야 돼요."

"짧은 시간 함께해서 즐거웠어, 유하."

에휴, 저 화상들.

설마 반신까지 되어버린 내가 너희들을 그냥 두겠니?

"아자린, 프리린."

난 두 사람을 불렀다.

"이리 가까이 와봐."

그녀들은 축 쳐져서 힘없이 허공을 날아 다가왔다.

"너희한테 희소식이 있어."

"지금 기분에선 어떤 희소식을 들어도 무조건 화부터 낼 것 같아."

"저두요."

"그럼 안 들을래?"

"듣지 않으면 더 화 낼 것 같아."

"저두요."

…아오, 그냥 한 대씩 쥐어박고 시작할까?

참자, 참아.

반신이 고작 이런 일에 발끈하면 안 된다.

"그래, 얘기해 줄게. 록시도 잘 들어. 으흐흠! 음… 그러니까 내가 하려는 말은 바르쳉이 내 안에 있던 마태자의 영혼을 제로의 육신으로 집어넣는 것을 보고 깨달은 게 있다는 거야."

"뭘 깨달았는데?"

아자린이 시큰둥하게 물었다.

"너희도 영혼이 없는 육신이 존재한다면 다시 살아날 수 있다는 걸 깨달았지."

"……!"

"……!"

"……!"

세 사람은 동시에 놀라 눈을 흡떴다.

"생각들을 해봐. 내가 왜 여성형 키메라 세 명을 사로잡아 가져왔겠어?"

"아…! 그래서!"

난 아공간에서 여성형 키메라들을 꺼냈다.

"이제 시작한다."

그리고 록시 일행의 영혼을 키메라 속으로 집어넣었다.

동시에 각자의 영혼이 들어간 키메라의 외형을 살아생전

그녀들의 모습과 똑같도록 영구적으로 바꿔 주었다.

이것은 폴리모프 마법을 시전하면 되는 일이라 상당히 간단했다.

세 여인은 새롭게 얻은 육신을 서서히 움직였다.

"파, 팔이! 다리가! 얼굴이! 전부 다 움직여요!"

"꺄아아악! 너무 좋아! 내 가슴이! 내 엉덩이가! 살아생전 그대로야!"

"유하… 나… 나 지금……."

프리린과 아자린은 신이 나서 폴짝폴짝 뛰었다.

록시는 눈물이 그렁거리는 얼굴로 날 바라봤다.

난 두 팔을 벌려 그런 록시를 꽉 안아주었다.

"이제부터 평생 나랑 함께 사는 거야, 록시. 귀신이 아닌 사람으로."

"…응, 고마워. 정말 고마워."

그날.

난 처음으로 록시의 눈물을 직접 닦아줄 수 있었다.

에필로그

넓은 정원에 꼬리가 아홉 개 달린 구미호와 황소보다 덩치
가 두 배 이상 거대한 백호가 즐겁게 뛰어 놀고 있었다.

구미호의 등에는 어여쁜 여자아이가, 백호의 등에는 남자
아이가 타고 있었다.

"너희들 적당히 뛰어다녀!"

정원 한편에서 숯에다 고기를 굽고 있던 아자린이 소리를
버럭 질렀다.

그러자 남자아이, 설제하가 반격했다.

"이모~! 요새 고기 너무 먹어서 허리에 살 붙었어!"

"헉!"

아자린이 고기를 굽다 말고 패잔병처럼 무릎을 꿇고 좌절했다.

그러자 갑자기 나타난 프리린이 그릴로 다가왔다.

그녀는 적당히 익은 고기들을 단숨에 흡입하기 시작했다.

"냠냠! 와! 맛있다! 역시 고기 굽는 솜씨는 아자린님이 최고예요!"

"···살이 붙었대. 허리에 살이 붙었대."

아자린은 자기가 열심히 구운 고기를 프리린에게 뺏기거나 말거나 계속해서 옆구리 살만 신경 썼다.

그런 아자린을 구미호의 등에 타고 있던 여자아이, 설로하가 위로해 주었다.

"괜찮아, 이모. 이모는 가슴이랑 엉덩이가 커서 허리에 살 붙어도 별로 티 안나."

"꺄악! 결국 허리에 살이 붙긴 붙었단 얘기잖아! 이 꼬맹이 놈들이!"

광분한 아자린이 고기 굽던 그릴을 걷어찼다.

그에 열심히 고기를 집어 먹던 프리린에게 불똥이 튀었다.

"아뜨뜨뜨뜨! 아자린님, 조심하세요!"

"시끄러워! 이 꼬맹이들, 내가 오늘 버르장머리를 고쳐 놓겠어!"

"와~! 아자린 이모 화났다!"

"도망가자!"

"거기 서지 못해!"

그때 성처럼 크고 넓은 저택에서 한 쌍의 아름다운 미남, 미녀 부부가 모습을 드러냈다.

유하와 록시였다.

"아빠!"

"엄마!"

구미호는 로하를 유하의 품에, 백호는 제하를 록시의 품에 안겨주었다.

록시가 제하의 머리를 쓰다듬어 준 뒤, 도끼눈을 하고 다가온 아자린을 노려보았다.

"왜 그렇게 애들을 못 잡아먹어서 안달이야?"

"그게 아니라! 요 조막만 한 것들이 내 콤플렉스를 건드렸잖아!"

"사실을 말한 것뿐인데, 뭐. 그치 사랑하는 내 새끼들?"

"네에~!"

"네!"

"록시 너 진짜 이럴 거야?!"

아자린이 고함을 빽 질렀다.

그러자 록시가 차갑게 가라앉은 눈으로 아자린을 흘겼다.

"그래서? 어쩌자고?"

순간 좌중의 공기가 쩌저적! 하며 얼어붙는 것 같은 착각이 일었다.

결국 오늘도 꼬리 내리는 건,

"어휴! 나도 남자 구해서 결혼하고 만다!"

아자린이었다.

그 모습에 유하가 피식 웃었다.

"근데 여보. 이제 우리 애들도 슬슬 유치원 보내야 하지 않아요?"

"그런 거 다 필요없어. 우리는 여기서 우리끼리만 재미있게 살면 돼."

"하긴… 세상에 맞춰 사는 건 지루하고 재미없죠. 가드 마스터의 기지를 수리해서 사용하자고 했을 땐, 대체 뭘 어떻게 하자는 건지 감도 못 잡았었는데."

"지금은 제법 만족스럽지?"

"그럼요. 하늘에 떠 있는 집이라니."

"집이 아니야. 하늘에 떠 있는 '천공의 성'이라니까. 벌써 백 번은 얘기했겠다."

"쿠쿡, 그래요. 알았어요. 천공의 성."

"아빠! 로하 배고파요!"

"제하두요!"

"그래, 우리 꼬맹이들. 엄마가 금방 맛있는 요리 해줄 거란 다. 그렇지?"

"오늘은 뭘 만들어 먹을까? 카레 어때?"

"카레 좋아요!"

"저두요!"

점심 메뉴를 듣고 난 아이들이 괜히 기분이 들떠 까르르 웃 음을 흘렸다.

하늘에 떠 있는 천공의 성.

그곳에는 매일 같이 행복한 웃음이 끊이질 않았다.

유하와 록시, 그리고 두 사람의 아이들.

더불어 아자린과 프리린은 그들만의 세상에서 즐거운 시 간을 보내고 있었다.

그것은 마치 유토피아를 보는 것만 같았다.

『현대 강림 마스터』 완결

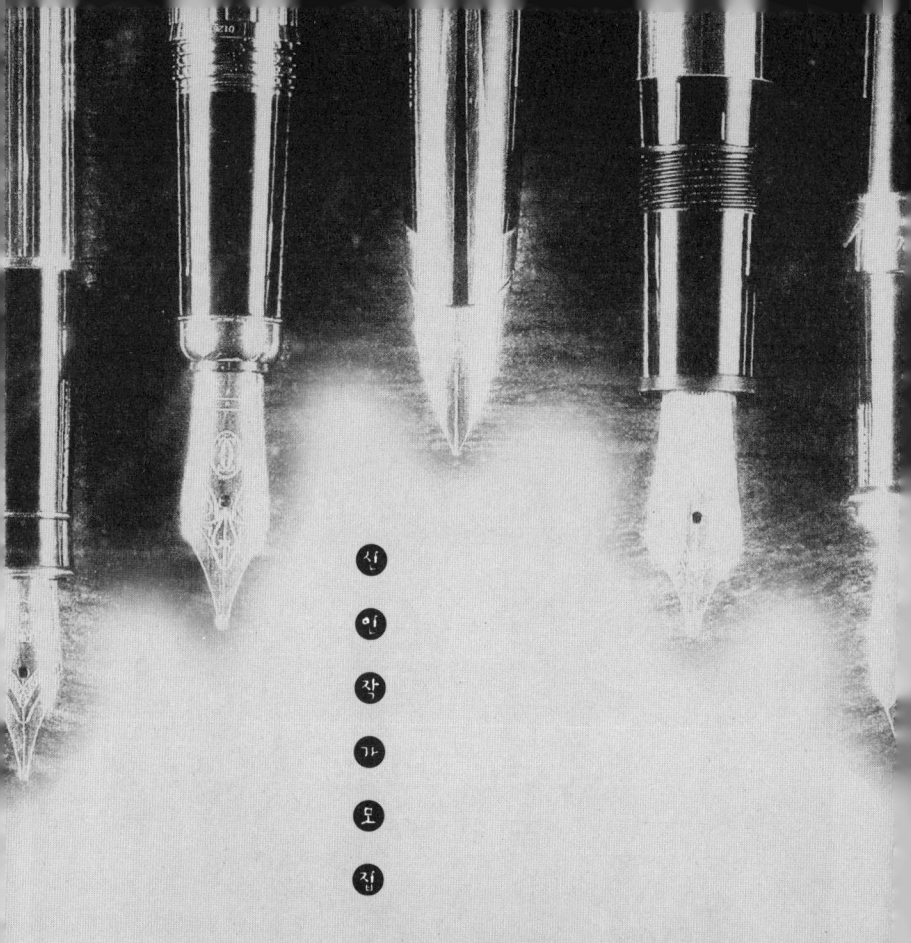

신
인
작
가
모
집

시작이 반이라고 했습니다.
작가의 길에 대한 보이지 않는 벽을 과감히 깨뜨리십시오!
청어람은 작가 지망생 여러분들의
멋진 방향타가 되어드리겠습니다.

저희 도서출판 청어람에서는
소설 신인 작가분들을 모집합니다.
판타지와 무협을 사랑하시는 분들의 많은 참여를 바랍니다.
소정의 원고(A4용지 150매)를 메일이나 우편으로 보내주시면
검토 후 출판 여부를 알려드리겠습니다.

주소:경기도 부천시 원미구 심곡2동 163-2 서경B/D 2F 우편번호 420-822
TEL:032-656-4452 · **FAX:**032-656-4453
http://www.chungeoram.com
e-mail:chungeoram@chungeoram.com

十萬
對敵劍
Fantastic Oriental Heroes
십만대적검

오채지
新무협 판타지 소설

개파 이래 한 번도 고수를 배출한 적 없는
오지의 산중문파 제종산문.

무려 십칠 대에 이르러서야 마침내 괴물 같은 녀석이 나타났다!
하지만 그는 세상사에 초연하기만 하고,
속 터진 사부는 천일유수행(千日流水行)을 핑계 삼아
제자를 산문 밖으로 내쫓는데……

『십만대적검』!

바깥세상이 궁금하지 않았던 청년 장개산의
박력 넘치는 강호주유기!

Book Publishing CHUNGEORAM

김중완 장편 소설

FUSION FANTASTIC STORY

Seorin's Sword

서린의 검

2013년 봄과 함께 찾아온 청어람 추천작!
『로드 오브 마스터』, 『신검신화전』의 김중완.
그가 돌아왔다!

번개와 함께 찾아온 검.
그 검과 찾아드는 기연은 운명을 개척한다!

그 어떤 누구도 그가 가는 길을 막을 수 없다!
절대 강자 서린의 호쾌한 독보를 기대하라!

"내 앞을 막지 마라! 이것이 나의 검이다!"
우리는 그를 가리켜 검의 주인, 마스터라 부른다!

『서린의 검』

면왕백리휴

무진등 新무협 판타지 소설

麺王百王体

FANTASTIC ORIENTAL HEROES

'맛있는' 무협이 펼쳐진다!

가문의 선조가 남긴 비서
'백리면요결(百里麺要訣)'
모든 이야기는 이 서책으로부터 시작되었다!

『면왕 백리휴』

면요리의 극의를 알고자 하는 자,
모두 나에게로 오라!

Book Publishing CHUNGEORAM

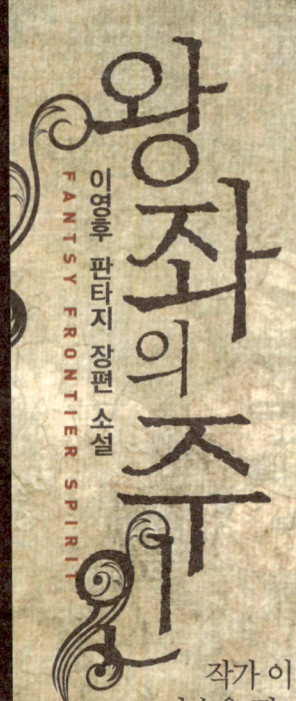

FUSION FANTASTIC STORY

버퍼
Buffer

이영균 장편 소설

사귀던 연인에게 이별 통보를 받은 어느 날,
송염을 찾아온 기이한 인연……

『버퍼』

처음 보는 노신사와
그가 내민 소주잔… 아니 손길.

"난 그 힘을 버프라고 부른다네."

의문의 힘은 송염에게 이어지고,

"…그리고 이젠 자네가 버퍼일세."

지구 유일의 버퍼, 송염!
그 위대한 발걸음에 주목하라!

Book Publishing CHUNGEORAM

유행이 아닌 자유추구 -
WWW.chungeoram.com

Book Publishing CHUNGEORAM

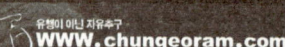
유행이 이닌 자유추구
WWW.chungeoram.com